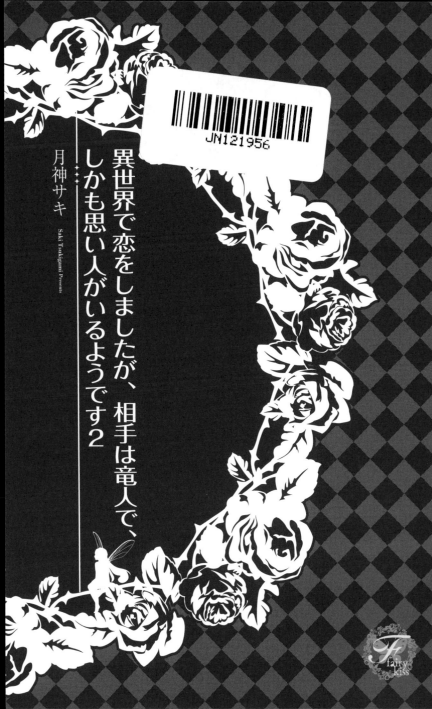

異世界で恋をしましたが、相手は竜人で、しかも思い人がいるようです2

月神サキ
Saki Tsukigami Presents

fairy kiss

異世界で恋をしましたが、相手は竜人で、
しかも思い人がいるようです2

序章　なくした宝珠

私――ソラリスが、ウェルベックと結婚してから約十年が経《た》った。

十年というと長く感じるかもしれないが、意外と私たちの感覚ではほんの一年くらいでまだまだ新婚気分といったところだ。

私は、人間ではない。

竜人という、人間とは全く別種の存在だ。見た目は人間みたいだが、その本質は人よりも竜に近い。魔力を持ち、竜化し、寿命も千年を超えるのだから、別種族といって間違いないと思う。

事実、竜人と人間は番《つが》えない。

竜人は己の『つがい』を決めれば、相手を一生愛し続ける生き物で、伴侶にヒトを選ぶことはない。当たり前だ。人間だって、たとえば鯨を己の半身とは見なさないだろう。

それくらい竜人とヒトは違う生き物なのだ。

竜人は竜人と。ヒトはヒトと。それぞれ、己の種族の中で伴侶を見つけるのが鉄則。

そんなヒトと竜人は、大昔は共に生きていた。

それぞれの領域を侵さないように注意しながら、互いを尊重し、棲《す》み分けてきたのだ。

だけど、それは失敗してしまった。

人間が竜人の持つ力を恐れ、羨み——その力を我がものにしたいと分不相応にも願ったからだ。

人間と竜人は争い、結果、竜人たちは地上を去った。

負けたのではない。ただ、ヒトに愛想を尽かし、もういいと彼らと袂《たもと》を分かつことを決めたのだ。

地上を去った竜人たちは、天空に国を作った。空に浮かぶ竜人だけが住む島。そこに特別な結界を張り、人間から姿を隠して一万年ほど、私たちは平和に暮らしている。

私の父はその国、竜園国《りゅうえんこく》の国主。竜王として長きに亘《わた》り国を統治してきた。

父は母と結婚し、今から二百年ほど前に私が生まれた。

私は『異世界に渡ることができる』黒竜として大切に育てられ、やがて宰相であるウェルベックに恋をするようになった。

長い白銀の髪が美しい白竜。彼に一目惚《ぼ》れしたのだ。

最初、彼は私が子供であることを理由に私を振った。だが、私は諦めることなく彼にアタックを続け、ついには『大人になって、まだその時も彼のことが好きだったら』という条件をつけられはしたものの、彼のつがいとなることを許されたのだ。

幸せだった。早く大人になりたかった。

だけど、その願いは呆気《あっけ》なく潰された。

昔、母に振られ、逆恨みしていたヴラドという竜人の企《たくら》みで、私たちは一家揃《そろ》って、異世界である『日本』に飛ばされてしまったからだ。

『日本』に飛ばされたのは、私と両親の三人だけでウェルベックはいない。そのことに絶望した私は酷く嘆き、私の精神を危ぶんだ父は娘の竜人としての記憶と力を封じることを決めた。

黒竜である私は、大人になれば自由に異世界を行き来できるようになる。そうすれば元の世界へ戻れる。だからそれまでの間は、私の精神を守るためにと、ただの人間であるという偽の記憶を植えつけたのだ。

父の目論見《もくろみ》は成功し、私は自らが竜人であることもウェルベックのことも忘れ、人間として育った。だけど、私はよほどウェルベックのことが好きだったのだろう。無意識に彼の気配を追って、封じられた力を使い、夢を通して彼の姿を見ていた。彼が誰なのかすら忘れているくせに。

そうして私が日本で二十歳を迎えた運命の日。

私は無自覚に力を使い、全てを忘れたまま竜園国にたったひとりで帰国したのだ。

そこで再びウェルベックと出会い、私はまた彼に恋をした。

これはきっと、運命だったのだろう。だが彼には好きな人がいて、その人がいるから私のことは受け入れられないと言われてしまった。

それがまさかの私のことだったのだけど、全てを忘れている当時の私に分かるはずはなかったし、父によって竜人としての力は完全に封じられているのでウェルベックが私の正体に気づくこともなかった。

互いを思っているのにすれ違い——そして、私たち一家を日本に飛ばしたヴラドが今度はウェルベックを別の世界に飛ばそうとしたタイミングで、私はかつての記憶と力を取り戻した。

己がこの世界に生きていたこと。そしてウェルベックのことも思い出し――まあ私がウェルベックを避けたり、ヴラドが今度は私を誘拐したりと色々ありはしたが、紆余曲折《うよきょくせつ》の末、私たちは互いの思いを確認し合い、結婚するに至ったわけだ。

結婚して十年。まだ子供はいないけれど、竜人は寿命が恐ろしく長いこともあり、特別焦ってはいない。できたらできたで嬉《うれ》しいと思うが、あと数十年はふたりきりでも構わないので、毎日が幸せ。大好きな男との結婚生活を存分に楽しんでいる次第である。

◇◇◇

「……お父様、お呼びと伺いましたが」

ある日の午後、珍しくも竜王である父が私を呼び出した。

結婚してからは、城ではなくウェルベックの屋敷に移り住んでいる。久しぶりの城に懐かしさを感じつつも父の執務室に入ると、中には父と母、そして国の宰相でもある夫のウェルベックが待っていた。

柔らかな笑みを湛《たた》える面差しは今日も美しい。私の大好きな切れ長の瞳には深い知性が宿っており、その目で見つめられるといつも私は、全てを見透かされている気分になる。

長い白銀の髪はまっすぐで、枝毛の一本も見当たらない。今日も私の夫は一分の隙もない美貌を惜しげもなく晒《さら》していた。

中国の漢服によく似た衣装は落ち着いた色合いで、彼にとてもよく似合っている。

――私の夫は今日も素敵だわ。

いつものように夫に見惚れてから周囲を観察する。

父は執務机に座り、その隣に母が立っていた。ウェルベックはふたりとは少し離れた場所に控えている。

護衛兵士の姿は見えない。部屋の中には私たち四人しかいなかった。

「?」

どうして護衛兵士がいないのだろう。

不思議に思って首を傾《かし》げていると、父の側《そば》に控えていたウェルベックが私の隣にやってきた。

「ソラリス」

「ウェルベック。私、お父様に呼ばれて来たのだけど」

「ええ。私も陛下から話があると聞いています。あなたが来てからと言われて待っていたのですが」

「そうなの?」

どうやら父は私だけでなく、ウェルベックにも用事があるらしい。

一体なんの話なのだろうと思っていると、父がコホンと咳払《せきばら》いをした。

「ウェルベック、ソラリス」

「はい」

片膝をつき、臣下の礼を取る。父の話し方から、家族としてではなく国王としての話だと理解したからだ。ウェルベックも同様にし、父が話し出すのを待っている。

「話というのは、これからのことだ。まだまだ未来だとは思っているが、私はソラリスの夫である
ウェルベックを跡目にと考えている。それは、以前にも話したことがあったな？」

「はい」

ウェルベックが返事をする。

彼を次期竜王に――。

私たちが結婚してすぐの頃、王位継承についてはは軽くではあるが打診を受けていたので私も驚きはしなかった。予定通り事を進めるのだなと思ったくらいだ。

顔を上げ、父を見る。父はウェルベックに視線を向けていた。

「引き継ぎは徐々にしていこうと考えているが、まずお前たちにはやってもらわなければならないことがある」

「……はい」

俯《うつむ》いたまま神妙に返事をするウェルベックを横目で盗み見ながら、やらなければならないこととはなんだろうと考える。

普通に即位式を行うだけでは駄目なのだろうか。

何せ私が物心ついた時にはすでに父は国王だった。だから国王になるのに何が必要かなど分からないのだ。

「王位を継ぐにあたり、必要なのが国宝『竜王の魂』だ。竜園国の核となる特別な宝珠で、歴代の

竜王が管理することになっている」

――へえ。そんなものがあったのね。

初めて知った宝珠の存在に驚きつつも、黙って耳を傾ける。ウェルベックも知らなかったようで目を丸くしていた。

「竜王の魂。そのようなものが存在するのですね」

「ああ。代々の竜王、そしてその伴侶しか知らない本当に特別な宝珠だ。ウェルベック、ソラリス。お前たちふたりは、まずこの宝珠を探してこなければならない」

「は？」

「え？」

異口同音に漏れる疑問の声。

私とウェルベックはほぼ同時に声を上げ、父を見た。父は真面目な顔をしていたが――何故《なぜ》だろう。どこか気まずそうにも見える。

ウェルベックがおそるおそる父に尋ねた。

「陛下……気のせいでしょうか。私には今、宝珠を探してこいとおっしゃられたように聞こえたのですが」

「気のせいではないな」

「……ちなみに探すというのは、どこのことを指すのでしょう。宝物庫から持ってこいという意味では――」

「ないな」

「……」

父の返事にウェルベックは黙り込んだ。

私は私で嫌な予感をヒシヒシと感じていた。ふたりの会話だということは重々承知の上で、つい口出ししてしまうくらいには。

「お父様。その宝珠はどこにあるのですか？」

「分からぬ」

「はい？」

あり得ない答えが返ってきて頬が引き攣《つ》った。ウェルベックもまじまじと父を凝視している。

「陛下？」

「分からないのだ。だが、少なくとも竜園国国内にはない」

どういうことだろう。王位継承に必要な宝珠が国内に存在しないなんて、そんなわけないと思うのだけれど。

ウェルベックが私と同じような引き攣った表情で確認する。

「陛下は今、竜園国国内には宝珠はないとおっしゃられました。ですが、国宝が国内にないというのはおかしいのでは？」

「うむ……それは、そうなのだが……」

なんだが歯切れが悪い。

父と目が合ったが、さっと逸《そ》らされた。それまで黙ったままだった母がおっとりとした口調で言う。

「実はね、この人ったら三百年ほど前に宝珠を地上に落としてしまったのよ。それ以来、宝珠はずっと行方不明。影も形も見当たらないわ」

「ええっ⁉　宝珠を落とした？」

思わず素っ頓狂な声を上げる。ウェルベックも信じられないと目を見開いていた。

父が気まずそうに頬をポリポリとかいた。

「そ、そうなのだ。つい、その、うっかりと、な。つるりと滑ってしまって……。地上に落としたのは間違いないのだが、どこに落ちたのかさっぱりだ。あれから三百年。宝珠がどうなったのかも分からぬ」

「陛下‼」

ウェルベックの怒声が響いた。父が咄嗟《とっさ》に己の耳を塞ぐ。

「うるさいぞ、ウェルベック」

「うるさくもなります。何故……何故落としてすぐ探しに行かれなかったのです。何故今まで放っておいたのですか」

ウェルベックの指摘は尤《もっと》もだった。父も自覚はあるようで目を伏せる。

「それはその通りではあるし、私も行こうとは思ったのだがな。宝珠を探しに行くということは、竜王が長期間国を空けるという意味だ。それは国の安定のためにもあまり好ましくはない」

「誰が落としたんですか」

獣が唸《うな》るような声に、父が苦笑する。

「私だな。だが、ウェルベック。私が地上に出向くと言えば、お前は頷《うなず》いたか？　宝珠の存在は国家レベルの秘密で、当時のお前には言えん。ただ地上に行くと言ったところで、お前は認めなかっただろう」

「それは……」

父の反論に、ウェルベックは言い返せないようだった。それでも苦し紛れに言う。

「……その、宝珠であることを隠して、誰か別の者にでも探しに行かせれば」

「宝珠の真偽を判別できるのは、竜王の血族だけだ。他の者には分からぬ。今なら私と、ソラリスだけだな。ソラリスは十年ほど前にようやく成人したばかり。行かせられるわけがないだろう」

「……」

今度こそウェルベックが黙り込む。父は両肘をついて手を組み、溜息《ためいき》を吐《つ》いた。

「そういうわけで、探しに行くことはできなかった。探しに行ける者が私以外にいなかったからな。仕方なく放置して三百年。この度、ようやくお前という跡目ができた。宝珠の存在を告げることもできるし、ソラリスを連れていけば真贋《しんがん》も見極められるだろう。国も安定している。今なら探しに行ける。タイミングとしては悪くない」

「……なるほど。つまり、私とソラリスは、陛下の不始末の後片付けに行く、ということですね？」

「……そういう言い方をするな。お前たちしかいないのだ」

「それはそうでしょうけど……」

複雑な顔をしながらウェルベックが立ち上がる。私もそれに倣った。

「私がいなくなったあとはどうするおつもりですか？　念のため言っておきますが、国王業ほどでないにせよ、宰相業も楽ではありません。そうそう代行できる竜人がいるとも思えませんが」

「大丈夫よ」

ウェルベックの疑問に答えたのは母だった。母はにっこりと笑って、父に目を向ける。

「もとを正せばこの人のミスだもの。あなたがいない間の宰相業は、この人が全部引き受けるわ。あなたたちに探しに行かせるのだもの。それくらいしないとさすがにどうかと思うから」

「……そういうことだ」

笑顔の母とは対照的に父は苦い顔をしていた。

父と母。基本は竜王である父の方が強いのだが、ここぞという時で父が母に勝てたことはない。おそらく今回も、事前にこってり搾られたのだろうなと予想はついた。

母の言葉にウェルベックも納得したように頷く。

「分かりました。そういうことでしたら」

「長い旅になるだろうが、必ず見つけ出してくれ。あれがないと、王位継承は行えない」

「はい」

胸に手を当て、ウェルベックが頭《こうべ》を垂れる。

「必ずや、宝珠を見つけ出してご覧に入れます」

こうして私とウェルベックは、人間の住む地上へと降り立つことになった。
ＲＰＧみたいだなと思ったのは秘密である。

第一章　宝珠を探して東奔西走

父の命を受け、三日が経った。

その間に私たちは旅の準備をしたのだが、その荷物があまりにも膨大な量になり、途方に暮れてしまった。

「どうしよう。竜化すれば余裕だけど、これを全部手で持って旅をするというのは現実的ではないわよね」

屋敷の玄関に山と積まれた荷物を前に溜息を吐く。

今は私ひとりだ。ウェルベックは父に宰相業の引き継ぎをするべく城に行っている。

屋敷の使用人たちには軽く『国王の命令で、年単位で家を空けることになる』と説明して、荷造りを手伝ってもらっているのだが、どんどん増える荷物には頭を抱えるしかなかった。

とはいえ、軽々しく荷を減らすこともできない。

宝珠が見つかるまでどれくらいかかるかも分からないし、一度国を出れば目的を果たすまで帰れない。足りないものがあっても取りには戻れないのだ。だからどうしても荷物は増えてしまう。

「……うーん。これ以上減らしたくない……」

むしろ増やしていいのなら増やしたいくらいだ。

「ソラリス」

大荷物を前に困り果てていると、ウェルベックが帰ってきた。その手に見慣れない斜め掛けができる大きな鞄《かばん》を持っている。

ずいぶんとくたびれた、使い込まれた鞄だ。色も草色というか、とても地味だった。

実用的といえばいいのだろうか、あんまり可愛《かわい》くない。

「お帰りなさい、ウェルベック。……それ何？　ウェルベックのじゃないわよね？」

鞄を指さす。ウェルベックは私に鞄を渡しながら言った。

「ただいま戻りました。これは陛下からの賜り物ですよ。特別なマジックアイテムだそうで、いくらでも荷物が入るらしいです。しかも重くならないし、取り出しも自由自在だそうです」

「へえ……お父様、そんな便利なマジックアイテムを持っていたのね。漫画の世界みたい」

「漫画？　なんです、それ？」

「んんっ、なんでもないわ」

適当に誤魔化す。

しかし、いくらでも荷物が入る鞄とは、まさに今、私が求めていたそのものだ。

有り難く受け取り、中を覗《のぞ》き込む。見た目は単なる鞄にしか見えないが、魔法がかかっているのはよく観察すれば分かる。これがあれば、荷物を減らす必要はないだろう。

「助かるけど、お父様はどうしてこんなものを持っていたのかしら」

竜王である父には必要のないものだと疑問だったのだが、ウェルベックの答えに納得した。

「宝珠を自分で探しに行こうと考えた時があったと言ってらしたでしょう？　その際に必要になると思って取り寄せたものだそうで。中にお助けアイテムになりそうなものを事前に色々放り込んで下さっているようです。これがそのリスト。目を通しておいて下さい」

「わ……」

ウェルベックからリストを受け取る。父が私たちの助けになるようにと入れてくれたものは、日持ちのする食料から始まり、中には何故これを入れようと思ったのか謎ではあるが、国宝などもあった。

一度行けば滅多なことでは戻ってこられない旅だ。何が必要になるか分からないからと、とりあえず突っ込んだようだが……まあ、ないよりはある方がいいのだろう。これからの旅、何が起こるか予測もつかない。

「私たちも入れたものをリスト化しておいた方がいいでしょうね。何が入っているのか把握できないのでは困ります」

「そ、そうよね。入れながら書くわ」

「取り出す時は、出したいものをイメージしながら鞄の中に手を入れると出てくるそうです」

「なるほど」

鞄の使用方法を聞きながら、ふんふんと頷く。

荷物問題はこれで片がつきそうだ。

「明日、出発予定です。よろしいですか？」

「ええ」

一日も早く出発して、宝珠を見つけなければならない。そのあとは、ウェルベックも一緒に荷物整理に勤《いそ》しんだ。

◇◇◇

次の日、準備を終えた私とウェルベックが向かったのは城だった。

国には結界が張ってあり、おいそれとは国外に出られない。どうするのかと思っていたのだが、城の地下から地上に向かうと聞き驚いた。

城の入り口で待っていた父と母に案内されたのは、王族しか立ち入ることのできない秘密の地下室。

部屋の中は殺風景で、中央に直径二メートルほどの丸い穴が開いている。

「っ！」

息を呑《の》む。

真下に雲が見えていた。ちょうどこの国の真下ということは分かったが、普段見ることのない光景に驚いた。

「ここで宝珠を落としたのだ。宝珠がある場所に降り立てるとは限らないが、それでも同じところから向かう方がいいだろう」

父の説明に、ウェルベックが首を傾げながら尋ねた。

「……陛下。こんな場所で何をなさっていたのですか？」

穴がある他は何もない部屋だ。わざわざやってくる用事などないように思えたが、父は首を横に振った。

「竜王は、ここから地上の様子を垣間見《かいま》ることができる。宝珠を使ってな。その時に落としたのだ。本当にうっかり。未《いま》だにどうして落としたのか分からん」

渋い顔をする父をウェルベックはスルーした。

「……ソラリス、行きましょうか」

「うん」

ウェルベックが差し出してくれた手を握る。地上から何千メートルも高い場所からのダイブは普通ならなかなかできるものではないが、飛び降りたあと竜化して自分のペースで地上に降りる予定なので特に問題はない。

ウェルベックが父と母に頭を下げる。私もそれに倣った。

「それでは陛下。行って参ります」

「うむ。……頼んだぞ」

「はい」

いつでも竜化できるように準備をしてから、ふたりで穴の前に立つ。ウェルベックに合わせ、勢いよく穴の中へと飛び込んだ。あっという間に空中に放り出される。

「ひあああああああああ‼」

想像していたより衝撃がすごい。上から押し潰されるような感覚だ。

凄《すさ》まじい速度で落下していく。しばらく風圧で身動きすらできなかったが、我に返り、慌てて竜化をした。竜の姿になり、羽を広げた途端、問答無用で下に落ちていく感覚がなくなる。

『……ふう。飛べないってこんなに不便なんだ……』

地上数千メートルからの自由落下は二度としたくないと言えるものだった。

胃の中がひっくり返るような気持ち悪い感覚が、未だに残っている。

『ソラリス！　大丈夫ですか？』

頭上から声が聞こえる。振り仰ぐと、白竜になったウェルベックが心配そうに私を見ていた。

かなり上の方にいる。彼よりもずいぶん落下してしまったらしい。

『大丈夫よ。ちょっと動揺しただけだから。問題はないわ』

『それならいいのですが』

優雅な動きでウェルベックが降りてくる。私の隣に並んだ。

城の真下から落ちたから、上を見上げれば竜園国があるはずなのだが、空を見ても国らしきものはどこにも見えない。

不思議に思っていると、何を見ているのか気づいたウェルベックが言った。

『竜園国はもうとっくに見えなくなっていますよ。ずいぶんと落ちましたからね。さあ、あとはゆっくりと下降しましょう』

『ええ』

ウェルベックに頷き、風に乗りながら下へ下へと降りていく。

途中、竜化した姿を人間に見られるとまずいということで、降りる位置を修正した。

町中に降り立てば、人間たちに騒がれてしまう。

一万年ぶりの竜人を見た彼らがどのような行動を取るか。元々どうして袂を分かったのかを考えれば、簡単に想像がつく。

あまり快《よ》くはない結果になることは間違いないだろう。

そういうことで、私たちが降りるのに選んだ場所は、高い山々がそびえ立つ山脈。その中腹部にある深い森の中だった。

ここなら人間に見られることもないだろうという判断で、実際、人間の気配はどこにもなかった。

『ソラリス、気をつけて下さい』

『ええ、分かってるわ』

少し狭いが開けた場所があったので、そこを選んで降り立ち、竜化を解く。

人間に絶対に見つからない場所という点ではよかったが、ここから彼らが暮らすところに移動しなければならないのが大変だった。かなり歩く必要があるだろう。

ふたりで手を繋《つな》ぎ、まずは深い森を抜ける。日も射《さ》し込まないような暗い森だったが、竜人である私たちには特に問題にはならなかった。

上空から見ていたので、どちらの方向へ向かえばいいのかも分かっているし、何かの気配はするが、こちらを窺《うかが》っているだけで近づいてくる様子もない。夜目も利く。

ざくざくと枯れ葉を踏み締めながら、ひたすら歩いた。獣道は細く、生い茂った木々が邪魔をしてくる。

「うう……服が引っ掛かりそうになるわ」

枝に服を引っ掛けないように注意しながら歩くのが一番大変だった。

私たちが着ているのは、普段から愛用している竜人の民族衣装だ。

今の時代の人間たちがどんな服を着ているのかも分からないし、着慣れているものの方が落ち着くからという理由なのだが、それでもいつもとデザインは少し違う。

何せ、これから私たちはどこにあるかも分からない宝珠を探さなければならないのだ。つまりは一カ所に定住するのではなく、常に移動し続けるということ。

旅に適した服装がいいだろうということで、普段よりも袖や裾がすっきりとした、動きやすい格好を選んでいた。

ウェルベックが着ているのは、竜園国の武官用の制服なのだが、腰に剣を佩《は》いた彼はお世辞抜きで格好良かった。

私もいつも着ているチャイナ風の民族衣装ではなく、ウェルベックの格好に近いものを選んでいる。こちらも竜園国の女性武官の服装だ。袖が長く、肌を隠せるので旅をするのにはちょうどいい。

「ねえ、ウェルベック。人間はどんな暮らしをしているのかしら」

暗い森の中を歩きながら、ウェルベックに尋ねる。

ただ歩いているだけなのは退屈だったのだ。それに、興味もある。

ここは私が以前飛ばされ、住んでいた『日本』とは違う。

科学文明ではなく、魔法が発達している世界。一万年ほど前に、私たち竜人と袂を分かった人間たちが住む全く別の世界なのだ。

今、この世界がどのような発展を遂げているのか私には分からない。

ウェルベックは父から聞いて、ある程度の知識を得てはいるらしいので、聞いてみたというわけだった。

「そうですね。暮らしぶりは私たちとはあまり変わらないみたいですよ」

「そうなんだ」

ふんふんと頷く。

「ええ、ただし国はひとつではなくいくつもあり、その国ごとに王がいます。断続的に戦争が行われており、見る度に国の数が変わっているし、時には名称も変更されていると陛下はおっしゃっておられましたね。数百年、早ければ数十年で国が消えることもよくあるとか。その点は竜園国とはずいぶんと違うようです」

「ふうん」

ウェルベックの説明に頷きながら、私は日本で学んだ世界史を思い出していた。

——中世ヨーロッパ的な？　そんな感じなのかしら。

たくさんの国が乱立し、消えていく時代。なんとなく自分の中でイメージを固める。

「ソラリスは人間社会に興味がありますか？」

「うーん、そういうわけではないんだけど、ほら、私って長い間異世界に飛ばされていたじゃない？しかも人間の国に。だから似ているのかなって思って」

「ああ、なるほど」

納得したようにウェルベックは頷いた。

しかし、先ほどからひっきりなしに感じる複数の獣の気配が鬱陶しくてたまらない。それは地上に降りてからずっとで、様子を窺うだけで近づいてこないのも気になっていた。そのくせ、いつまでも後をつけてくる。

いい加減我慢できなくなった私はウェルベックに尋ねた。

「ねえ、ウェルベックは鬱陶しくない？　なんなのかしら、これ。絶対、見られているわよね。獣かなって思うんだけど」

「いわゆる魔獣と呼ばれるものですね。人間たちの天敵のような存在ですが、私たちには近づいてこないでしょうから無視して大丈夫ですよ。そのうち気配も感じなくなります」

「そうなの？」

「魔獣は本能で強者を嗅ぎ分けます。私たちの見た目が人間に近いから戸惑ってはいるようですが、敵《かな》わない強者だと理解はしているので、襲いかかってはこないですよ」

「へえ……」

「人間では束になっても敵わない魔獣でも、私たちには害がない。ソラリスも、鬱陶しいと思うだけで怖いとは感じないでしょう？　そういうことです」

「つまり、私たちのことを怖がって恐れているということ？」

「ええ。その通りです。私たちは竜人といっても、人に変化できるだけで本性は竜に近い。あらゆる生き物の頂点に立つ竜に逆らおうとする魔獣はいませんよ」

ウェルベックの説明に頷く。

なるほど、ずっと感じている視線は、そういう意味だったのか。

森は深く、歩いているだけではなかなか抜けることができない。三日かけて森を抜け、更に二週間かけて、三つの山を下りた。平地に着いた時は心からホッとしたものだ。

「永遠に山の中を彷徨《さまよ》うことになるのかと思ったわ」

父のくれた鞄のおかげで食料も日用品も、更に言うなら、宿泊できるようにと簡易的な天幕まであったから何も困ることはなかったが、それでも歩きっぱなしというのは少々堪《こた》える。

ウェルベックは普段宰相という役目についており、忙しい人だから、四六時中一緒にいられるのは嬉しいのだけど、山の中ばかりというのはいい加減飽きてきたのだ。

「あー……！　ようやく平地！　で、どっちに向かえばいいのかしら」

少し離れてはいるが、村らしきものも見える。まずはそこへ行き、情報収集かと思っているとウェルベックが言った。

「ソラリス、宝珠の気配は感じますか？」

「？　いいえ」

ウェルベックの言葉に首を横に振った。

私たちが探している宝珠は、竜王の血縁者には反応を感じ取ることができるらしいのだが、私は地上に来てから未だ一度も宝珠の気配を感じなかった。それでも念のため、意識を集中してみる。見落としている可能性もなくはないからだ。

なんらかの感覚を得られるかと期待したが、すぐに無駄だと悟った。

「駄目ね。お父様は、宝珠があればすぐに分かるとおっしゃっていたけど、さっぱりだわ。なんにも感じない」

「そう、ですか」

正直に告げると、ウェルベックは目に見えてがっかりしたが、すぐに気を取り直し、私に言った。

「それならあそこに見えている村に行ってみましょうか。今私たちがいる場所がどんなところなのか、知る必要がありますからね」

「そうね」

同意し、まずは村に向かうことに決める。少し遠いその村は、近づいてみれば町と呼べるほどには大きかった。多分、町なのだろう。少々寂れてはいるようだけれど。

「止まれ！」

町の入り口に着くと、兵士らしき男たちが五人おり、持っていた槍《やり》をこちらに向けてきた。

怖くはないが、突然刃を向けられて驚く。

「きゃっ……」

「見ない顔だな。服装もおかしいし……何者だ！　ベルダの町に何をしにやってきた！」

念のため、一歩後ろに下がる。

どうやら誰でも彼でも中に入れるわけではないらしい。

そしてそうだろうとは思っていたが、私たちの格好は彼らから見て、ずいぶんと浮いているようだ。

まじまじと彼らを観察する。

――やっぱり、中世ヨーロッパ風？　ううん、ファンタジー風といえばいいのかしら。

鎖帷子《くさりかたびら》のようなものと丸いヘルメット、そして手には槍といった格好は、昔歴史で習った中世ヨーロッパ時代の図説に載っていたものとよく似ている。あとは、漫画でよく読むファンタジーやゲームのRPGを思い出させた。

私たちの格好は、向こうの世界でたとえると、どちらかといえば中華寄りに近いので、彼らが私たちの姿を見慣れないと思うのも仕方ないと思う。

――うーん、どうしようかな。

どう返せばいいか迷っていると、ウェルベックが私を庇《かば》うように前に出た。穏やかな表情と口調で彼らに言う。

「すいません。私たちは世界各国を旅している旅人です。この町は旅の途中に休憩がてら立ち寄ろうと思っただけで目的は特にありません。ああ、申し遅れました。私はウェルベック。彼女は私の妻であるソラリスといいます」

「……旅人？　外は魔獣が彷徨《うろつ》いているのに暢気《のんき》に旅なんてしているのか？　護衛も連れずに夫婦ふたりだけで？　……もしかして、冒険者か何かか？　しかし、ずいぶんと訛《なま》っているな。どこの方言なんだ？」

「……すいません。言葉については田舎出身なもので許していただけると助かります。職業も特にこれというのはありません」

ウェルベックが慎重に答える。

——冒険者、か。

口ぶりからしておそらく職業の一種なのだろうが、一体どういう仕事をするのだろう。気にはなったが、それよりも私は『訛っている』という言葉の方によほどショックを受けていた。

——訛っているって何⁉

いや、分かっている。おそらくは発音が彼らと微妙に違うからだろう。

元は同じ場所に暮らしていたから言語は同じだったのだろうが、交流が途絶えたことによって言葉も変わっていったのだ。

それが彼らには訛っているように聞こえると、そういう……。

スペイン語とポルトガル語のようなものだろうか。理屈は分からないでもない。

——でも、なんか嫌ぁああ！

近いうちに、絶対に訛りは直そう。いつまでも訛っていると思われるのは辛《つら》すぎる。

ショックのあまりプルプル震える。兵士たちは何か相談していたようだが、ようやく結論が出たようで頷いた。

「まあ、いいだろう。通れ」

「いいんですか？」

あっさりと通行許可が下りたことに驚きを隠せないでいると、兵士のひとりが苦笑しながら言った。

「こうやって検問のような真似《まね》をしてはいるが、少し前までは誰でも自由に出入りできたんだ。ただ、最近、盗賊団がよく町を襲うようになってな。オレたちはその対策でここにいるんだ。盗賊団以外なら普通に通すのが基本だ」

「盗賊団……ですか。初めて聞きました。ここにはそんな人たちがいるんですね」

驚いたように話を合わせるウェルベック。どうやら彼はある程度、ここで情報収集をしてしまうつもりのようだ。それが分かった私は引き続き黙っていることに決めた。

私が話すよりもその方が早い。長年、宰相として務めてきた彼は、コミュニケーション能力も優れている。聞きたいことを自然に聞き出すのがすごく上手《うま》いのだ。

実際、ウェルベックと話している兵士は、彼の思惑にも気づかず、ベラベラとこちらが知りたい情報を話している。

「近くにある廃村からな……。いつの間に根城にしたのか、ここ数カ月は一週間に一度は町に来る。やりたい放題。あいつらのせいで町は疲弊しているよ」

「なんと……それは、町が保《も》ちませんね」

「そうなんだ。だからオレたちがこうやって見張りに立っている。せめて女子供を逃がす時間くらいは稼いでやりたいからな。お前たちも町に滞在するなら気をつけるんだな。奴《やつ》らはいつ来るか分からない。最大限に警戒しろ。特にお前の嫁。綺麗《きれい》な顔をしているから、もし奴らに見つかれば誘拐される可能性がある」

「誘拐、ですか」

「奴らの慰み者になるか、奴隷として売られるか。末路は二択。例外はない」

「ありがとうございます。気をつけます」

丁寧に頭を下げ、ウェルベックは彼らとの会話を終わらせた。私の手を引き、町の中に入っていく。

彼らから十分距離を取ったところで、ボソリと呟《つぶや》く。

「私が、私の妻を他の男に触れさせるはずがないでしょう。もしソラリスに指一本でも触れるような者がいれば、即座に殺します」

声に隠しきれない怒りが滲《にじ》み出ていた。慌てて彼を落ち着かせる。

「ウェルベック、落ち着いて。彼らは気をつけろと忠告してくれたんだから、怒るのはお門違いでしょう?」

「分かっています。でも、あんな話を聞いてしまえば冷静ではいられない」

まだ聞くことはいくらでもあったのに話を終わらせたのはどうしてと思っていたが、どうやらウエルベックはかなり怒っていたらしい。

必死で宥《なだ》めると、ウェルベックはイライラした様子ではあったが、なんとか怒りを引っ込めてくれた。

「全く、盗賊団とは人間界も落ちたものですね。竜園国ではあり得ない話です」

「まあ、そうよね」

苦笑する。人間界はどこでも似たようなものだなと思ったのだ。

それに比べ、竜園国は平和な国で、竜人たちの寿命が長いせいもあるのかもしれないが、比較的穏やかな性格の者が多い。

たまに諍《いさか》いは起こるが、個人間で済むものがほとんどだ。たとえば、前回のヴラド。あれはそれこそ、数千年ぶりに起こった反乱だったのだから、竜園国がどれほど平和な国なのか分かろうものだと思う。

「でも私は、訛ってるって言われたことの方がよほどショックだったけど」

「ああ、あれは笑いそうになりました」

さっき兵士に言われたことを思い出し愚痴ると、ウェルベックはクスッと笑った。

「私たちの言葉は、こちらでは『方言』という扱いになるんですね。通じるだけマシだとは思いましたが」

「その通りなんだけど、訛ってると言われるのは嫌だわ。早いうちに直したいところね」

田舎者設定ではあるが、変な喋《しゃべ》り方をしていればどうしたって悪目立ちする。町の人たちが話しているのを聞いて、随時修正していきたいと思う。

「まあ、いいわ。それはおいおい。とりあえず町を探索しましょう。宝珠の情報も集めないといけないし」

「そうですね」

ウェルベックも私の意見に同意した。町の大通りらしき場所を、あちこち観察しながらゆっくりと歩く。

「……寂しい町」

昼間だというのに驚くほど人通りが少なかった。

露店などもほとんど出ていない。民家らしきものもあるが、どこも閉めきられており、窓にも板が打ちつけられていた。ポツポツと大人が歩いているのは見えるが、子供たちの姿は見えない。あと、男性ばかりで女性もあまり見かけなかった。

皆、何かに怯《おび》えるような顔をして、急ぎ足で歩いている。

「さっき聞いた盗賊団が関係しているのかしら」

「ええ、多分。いつ来るかも分からないと言っていましたし、身を潜めているのだと思いますよ。戦う手段がない女子供が外に少ないのはそのせいだと思います」

「そっか……」

「探索はあとにして、早めに宿を取った方がよさそうですね。巻き込まれるのは本意ではない」

「そうね」

ウェルベックが私の手を強く引く。彼は赤い家のマークが描かれている看板を見つけると、迷いなくそちらに向かっていった。

確かな足取りに、私の方が動揺してしまう。

「ウェ、ウェルベック。ここは？　どういう店なのか分かっているの？」

私には全く分からない。店っぽいが、なんの店なのだろう。適当に入るのはよくないのではと思ったのだが、ウェルベックはきっぱりと言った。

「ええ、もちろん。赤い家の看板は、宿であることを示します。安心して下さい。人間界の常識もある程度陛下に教えていただきました。最新の知識ではありませんが、全く知らないよりはマシだと思って」

「お父様が……」

目を見開く。どうやらウェルベックは、忙しい執務の中、時間を割いて人間界の常識を教わっていたらしい。

引き継ぎだけでも大変だったのに、まさかそんなことまでしているとは思わなくて本気で驚いた。

「吃驚《びっくり》したわ」

「必要なことだと思いましたから。陛下がご提案下さったのです」

「そう、なんだ」

「ええ。人間界の貨幣を準備して下さったのも陛下です。正直とても助かりました」

「貨幣……。本当ね」

人間界用の貨幣を準備しておくことまで気がいってなかった自分が恥ずかしい。

一般常識も貨幣も、異世界の『日本』のことなら分かるが、こちらの人間界のことになるとさっぱりだ。

「ありがとう、ウェルベック。私、貨幣や常識のことまで思い至れなかったわ」

礼を言う。彼が気づいてくれて本当に助かった。

「三日しか時間がありませんでしたし、仕方ありませんよ。その分、私がしっかり聞いておきましたから、思う存分頼って下さい。つがいに頼られるのは、男として最高の名誉ですから。それはあなたもご存じですよね？」

「うん……」

甘い微笑《ほほえ》みに頬が勝手に赤くなる。結婚して十年経っても私は相変わらず夫のことが大好きで、毎日彼にときめいて仕方ない。

だけどそれも当たり前だと思うのだ。私の夫は今日もとても麗しいのだから。

いつも下ろしている髪をひとつに纏《まと》めた彼は、顔が露《あら》わになったせいか普段よりも精悍《せいかん》に見える。切れ長の目は色気があり、見つめられるだけでのぼせ上がりそうな心地になってくる。すべすべの頬は触れると陶器のように滑らかで、いつまでだって触っていられる。

背が高いのもポイントが高い。私はチビなのでウェルベックに簡単に抱えられてしまうのだが、それも実は気に入っていた。

——私の夫が、今日もとっても格好いいわ。

いつもとは違い、武官の格好をしているウェルベックに改めて惚れ直していると、彼はくしゃくしゃと私の髪を撫《な》でてきた。

「ほら、行きますよ。ソラリス」

「……ええ」

彼の大きな手を握る。私の手を包み込んでしまいそうなウェルベックの手は温かく、気持ちをホッとさせてくれる。勇気が湧いてくる。

――ふふっ。ウェルベックがいれば、何も怖くないわ。

彼と一緒なら、知らない場所でも大丈夫だ。

私はドキドキしつつも彼と一緒に宿屋の中に入っていった。

◇◇◇

「すみません。部屋は空いていますか？」

中に入ると、そこは酒場だった。

広い店内。カウンター席と、丸テーブルがいくつもある。

客は男性が五人。酒場だから当たり前かもしれないが、皆、お酒を飲んでいる。カウンターの中にいる恰幅《かっぷく》の良い女性がおそらく店主なのだろう。

宿と聞いていたのに酒場とはどういうことだと首を傾げつつも、こちらの常識が分からないので口は閉じておく。

沈黙は金なりだ。余計なことは言わない方がいい。

ウェルベックの問い掛けに反応した店主が、彼の顔を見てぽかんと口を開く。パチパチと目を瞬かせ、驚いたように言った。

「吃驚した。あんた、とんでもない男前だね。部屋は空いているけど……二部屋でいいのかい？」

チラリと私を見て店主が聞く。ウェルベックは首を横に振った。

「一部屋で結構です。彼女は私の妻なので」

「ああ、奥さんなんだね。そりゃ、失礼した。それならいい部屋があるよ。ふたりで一晩、八千デルだ。前払いだけど大丈夫かい？」

「分かりました」

ウェルベックが頷き、カウンターの方へ向かう。私もそのあとについていった。他の客たちの興味津々といった視線が気になる。

彼は懐から銀色の丸い貨幣らしきものを八枚取り出し、店主に手渡した。それを注視する。

どうやら、銀貨は一枚が千デルの価値になるらしい。デルというのが通貨の単位。

千デルがどれくらいの価値なのかは分からないが、しっかり覚えておこうと思った。

「……ちょうどだね」

店主が渡された銀貨を数え、納得したように頷く。そうして代わりに鍵をウェルベックに手渡した。

「もし宿泊を延長するなら明日の午前中のうちに言っておくれよ。部屋は二階。上がって右側。奥の角部屋だ。広めの部屋だからふたりでも問題ないと思うよ。一応、寝台もふたつあるから」

「分かりました」

「食事はここに来てくれれば出すよ。朝と夜の二回だ。飲み物は別料金だから気をつけておくれ」

「ありがとうございます。他に注意点は？」

ウェルベックが尋ねると、彼女は少し躊躇《ちゅうちょ》した様子を見せたが、それでもはっきりと告げた。

「ここには頻繁に盗賊団が荒らしにやってくる。特に夜は外に出ない方がいい。あと、旅人なら、早めに町を出るのをすすめるよ。……奥さんが攫《さら》われでもしたら目も当てられないだろう？」

「盗賊団。町の入り口でも聞きましたが……どのような人たちなのですか？」

「金目のものならなんでも奪う、単なる略奪者の集団だよ。特に宝石に目がないらしいんだが、この町には主に食料を奪いにやってくるんだ。あとはさっきも言った通り女を奪いに来る。もう何人も奴らに攫われているよ」

「そうですか……情報ありがとうございます。ソラリス、行きましょう」

「え、ええ」

慣れた様子で店主とやり取りするウェルベックをひたすら感心しながら見ていたが、はっと我に返った。

カウンターの近くにある細い階段を上る。角部屋に鍵を差し込むとカチリとドアが解錠された。中は広めのワンルームといった感じだった。

ベッドが二台並んでいる。奥には小さなテーブルと椅子があり、軽い食事くらいならできそうだった。ポットやカップなど最低限のものが一通り揃っている。

だが、窓は板で打ちつけられていて開かない。板の隙間から光が射す程度で、室内は暗かった。

ウェルベックが入り口のすぐ横にある白い石に触れる。

「あ……」

灯《あか》りがつく。目を瞬かせていると、彼は私を中に誘いながら言った。

「この白い石に魔力を注ぐと、灯りがつく仕様です。これは私たちの世界と同じですね」

「へえ……やっぱり同じ文化も残っているのね」

頷きながら部屋の中に足を踏み入れる。なんとか今夜の宿を確保することができたと安堵《あんど》しつつ、一旦お茶を飲んで落ち着こうという話になった。

テーブルにあったポットを使い、お茶を淹《い》れる。

茶葉は部屋に置いてあったものを使った。人間界で飲まれているお茶はどのようなものか興味があったのだ。

「あ、美味《おい》しい」

薄めではあったが、その分すっきりしていて飲みやすい。

休憩しながら話すのはこれからのことだ。

お茶を飲み干したウェルベックが私に言った。

「ソラリス。今後の私たちの行動についてですが」

「ええ、いよいよ人里に下りてきたわけだし、本格的に宝珠探しに精を出さないといけないわね」

それが私たちに与えられたミッションだ。

ウェルベックが父から王位を継ぐには、宝珠が必要。だから、宝珠が見つかるまで竜園国には帰れない。改めて気合いを入れているとウェルベックが聞いてきた。

「ソラリス。もう一度聞きますが、やはり宝珠の存在を感知できませんか？」

「ええ、全く」

念のため、再度宝珠の気配を追う。

それらしき感覚は全く得られなかった。

「そうですか。それでは少しでも可能性があればひとつずつ、しらみ潰しにしていくしかありませんね」

「そうね……。気が遠くなりそうだわ」

父の話では、私は宝珠の存在を感じることができるはずで、だからそこまで時間がかからないだろうと思っていたのだが、今の感じが続くとなると、かなりの時間を要することになってしまう。

「宝珠は、見た目は黄色い宝石のようだと陛下はおっしゃっておられました。かなりの大きさだとも」

「つまり大きな黄色い宝石を探せばいいのね」

「私たちが持つ竜珠と同じくらいの大きさだという話でした。人間界で発見されていれば、どこぞの権力者辺りに献上され、大切に保管されている可能性が高いでしょう。何せ、この世にひとつしかない宝珠です。ものを知らなくても見れば希少価値が高いとすぐに分かる」

「……権力者か。もし本物だったとして、譲ってもらうのはなかなか難しそうよね。でも、まだ発見されていない可能性だってある」

「その通りです」

本当に途方もない時間がかかりそうだ。

竜人の寿命は長いし、父も王位を継ぐのはまだ先の話だと言っていたから焦る必要はないのだろうけど、何十年も人間界で放浪しなければならないのは辛いかもしれない。

「はあ……先が思いやられるわ」

始まったばかりだというのに、もううんざりしてきた。溜息を吐いていると、ウェルベックが立ち上がり、私の側へやってくる。

「ウェルベック？」

「私は意外と楽しいですよ？」

「え……」

ウェルベックに手を引っ張られ、立ち上がった。彼は私を抱き締め、腰まである長い黒髪を撫でる。

「だってあなたとふたりきりですから。結婚して十年。宰相という地位もあり、なかなかあなたとふたりきりで過ごせる機会はなかった。それがすごく嫌だったんです。でも、今は違う。確かに宝珠を探すという使命はありますが、ずっとあなたと一緒というのは私にとっては嬉しいことでしかない。愛《いと》しいつがいとふたりきり。私は何十年、いえ何百年かかっても構いませんよ」

「……ウェルベックがいないと、お父様が困るじゃない」

父は今、宰相の仕事も引き受けている状態なのだ。早く帰らないと気の毒だと思う。

だけど、ウェルベックの言葉に気持ちがとても浮上したのが自分でも分かった。

――そう、そうよね。よくよく考えてみれば、探している間はずっとふたりで過ごせるんだから、全然悪くないわ。

むしろ、少し遅めの新婚旅行といってもいいのではないだろうか。

好きな人とふたりで人間界を回るのだ。しかも、期間は無期限で。

そんな風に考え始めると、途端に億劫《おっくう》だった旅がとても良いもののように思えてくるから不思議なものだ。

「……」

「ソラリス？」

じっと考え込んでいるとウェルベックが声を掛けてきた。そんな彼を見上げ、私は言った。

「私も。私も何百年かかってもいいって思うわ。これってちょっと長めの新婚旅行よね？」

「ええ、私もそう考えていました」

「ついでに宝珠を見つければいいのよね？」

「ええ。それくらいの気持ちでいきましょう」

本当はそれでは駄目だと分かっている。だけどそう考えることで、ずいぶんと気持ちは楽になった。

「なんだか急に楽しくなってきたわ」

「私もですよ。せっかくの機会なのですから、楽しい旅にしましょうね」

「ええ」

頷き、彼の腕の中から離れる。ウェルベックが打ちつけられた窓を見ながら言った。

「実は少しですが、盗賊団について気になっているんですよ。宿の店主が言っていたでしょう？　彼らは宝石に目がないと。もしかして、奪った宝石の中に宝珠が含まれているのではと。……考えすぎでしょうか」

「そうね。でも、可能性がゼロでないのなら、ひとつずつ当たっていくしかないと思うわ。まずは盗賊団……か。どうするの？　彼らが町を襲ってくるのを待つ？　それはあまりしたくないんだけど」

宝珠の存在を感じ取れない以上、面倒でも近場からひとつずつ潰していくより他はない。盗賊たちが宝珠を持っているかは分からないが、確かめる価値はあると思った。

「一番手っ取り早いのは、直接彼らのアジトを叩《たた》くことよね」

乱暴な手段ではあるが、確実だ。アジトになら彼らの持つ宝石もあるだろうから、直接確認することができる。

ウェルベックも私の意見に同意した。

「そうですね。それが一番良さそうです。検問の兵士たちは近くと言っていましたが、店主に彼らの根城の正確な場所を聞いてみましょう。知っていれば教えてくれるかもしれません」

「そうね。ついでに少し早めの夕食にしない？　ご飯を食べながらの方が聞き出しやすいし。確か、下の酒場でご飯を出してくれるのよね？」

被害をこれ以上増やさないためにも、さっさと行った方がいいとは思うが、夕食を食べ損ねるのはごめんだ。せっかく二食付きの宿に泊まったのだから、食べられるものは食べておきたい。

地上に降りて、数週間。保存食ばかり食べていて、温かい食べ物に飢えているのだ。

「分かりました」

言いたいことが伝わったのか、ウェルベックが苦笑する。

話がついたので私たちは部屋を出て、さっそく階下にいる店主に詳しい話を聞くことにした。

◇◇◇

階下に行くと、他の客はいなくなっていた。

店主がひとりで片付けをしている。彼女に早めの夕食をお願いすると、笑顔で了承の返事が返ってきた。

話を聞きたいので、テーブル席ではなく、カウンター席を選ぶ。

ふたり並んで座るのは変な感じだが悪くなかった。

「はいよ、お待ちどおさま！」

私たちの前に置かれたのは、土鍋だ。大きくカットされた野菜と角切りベーコンのスープが入っている。かなり具沢山だ。できたてで、まだぐつぐつと煮えたぎっている。

「美味しそう！　いただきます」

スプーンとレンゲのあいのこのような匙《さじ》を使い、まずはスープを一口。

優しい味が口の中に広がり、身体から力が抜けた。

「美味しい……」

久しぶりの温かい食事に喜びで涙が出そうだ。

ウェルベックも気に入ったようで、食が進んでいる。私たちが食事をするのを笑顔で見ていた店主が、思い出したように言った。

「そういえばあんたたち、何者なんだい？　最近、うちは盗賊団に襲われていることもあって、旅人なんてほとんど来ないんだ。宿泊客なんてひと月ぶりだよ。冒険者かい？」

「ええと、その、冒険者ってどんなのですか？　私たちかなり田舎の出身で、冒険者と言われてもよく分からなくて」

ウェルベックだけに情報収集を任せているのは情けない。そう思い、不自然ではない理由を作り質問を返してみると、店主はキョトンとした顔をした。

「冒険者を知らないい？　いや、まあ田舎出身ならそんなこともあるのかねえ。あんたたちの服は見たことのない形だし、妙に訛っているし……どこの国出身だい？」

「竜園……いえ、その、日本という国です！」

また訛ってると言われてしまったと微妙にショックを受けつつ答える。

宿屋の店主が、まさか世界中の国を把握しているはずもないだろう。

さすがに竜園国という言葉を使うのは憚《はばか》られたが、完全な異世界である日本なら構わないと思い告げると、隣でウェルベックが微妙な顔をしていた。

——いいじゃない。どうせ、国なんて分からないんだから。

視線だけで訴えると、ウェルベックからは仕方ありませんねというような目線が返ってきた。

「日本、ねえ。聞いたことないねえ」

「ド田舎ですから」

「ふうん。じゃあその服は民族衣装のようなものかい？」

「そう、そうです」

「変わってるねえ。悪くないとは思うけど」

納得したのか、店主はうんうんと頷いた。

なんとか上手く誤魔化せたようだ。とはいえこれ以上突っ込まれると襤褸《ぼろ》が出てしまうと焦った私は、少々強引にではあるが、話を元に戻した。

「そ、それで！　冒険者について教えて下さい！」

「ああ、そうだったね。いいかい？　冒険者っていうのはね——」

私の訴えに、思い出したと言わんばかりに店主が頷く。

そうして店主が説明してくれたところによると、冒険者とは、どの国にもある『ギルド』に登録された、戦いを専門とする人たちだということが分かった。

冒険者はギルドに公開されたクエストと呼ばれる依頼をこなし、それに見合った報酬をもらう。冒険者のランクは最下位のEから最高位のSまであるそうで、クエストをこなせば、自然とランクも収入も上がっていくようだ。

クエストの内容は、薬草集めや護衛任務、行方不明者捜索、洞窟探検、魔獣討伐など多岐に亘っている。

「へえ……」

「冒険者になれば、身分証明書ももらえるよ。田舎出身で冒険者の存在すら知らないくらいなんだ。身分証明書なんて持っていないんだろう？」

「え、ええ……」

「身分証明書がなければ、入れない国もあるから、定住せず彷徨くつもりなら身分証だけでも作っておくといいと思うよ。ほとんど戦えなくても最低ランクの冒険者には登録するだけでなれるからね」

「ありがとうございます。参考にします」

親切に教えてもらい、頭を下げた。

身分証明書については、ウェルベックも初耳だったのだろう。驚いたような顔をしていた。やはり、竜園国とは常識が何もかも違う。

これから私たちは色々な国に行き、宝珠を探さなければならない。そう考えると、『冒険者』という職業は悪くない選択だと思った。

「その、ギルドっていうのはどこにあるんですか？」

「ギルドは各国の王都にあるって決まってる。黒一色の旗が目印になるよ。うちの国ならここから北にひと月ほど歩いたところにある王都ギネヴィスに行けばいい。ギネヴィスにはもう行ったのかい？」

「いえ、私たちは南から来たので」

「南？　おかしいね。南には深淵《しんえん》の山脈しかないはずなんだけど……」

自分たちが来た方角を告げると、店主ははてと首を傾げた。

「あそこは人が入れる場所ではないだろう。それこそ討伐ランクＳの魔獣がわんさかいる魔境なのだから」

「あ……はは……そう、ですね。ちょっと自分がいた方向が分からなくなっていました」

「おやおや、しっかりしておくれよ。方向音痴の冒険者なんてさすがにどうかと思うからね」

「き、気をつけます」

慌てて誤魔化す。

しかし深淵の山脈とはなかなかおどろおどろしい名称だ。実際、あの山を下っている間、一度も人間とは会わなかったから、恐れられている場所であることは間違いないのだろう。

だけど、あの場所にいる魔獣がＳランクと評されるのなら、何をするにしてもそう苦労することはなさそうだ。

結局彼らは私たちを恐れ、一度も姿を見せなかったのだから。

Sというランクがどれくらいのものなのか分かりホッとしていると、ウェルベックが何気なさを装いながら店主に聞いた。

「ところで――。先ほど話していた盗賊団ですが」

「ん？　奴らがなんだい？」

「彼らは宝石に目がない、と言っていましたよね？　実は私たちは黄色い宝石を探して世界各地を旅しているのです。彼らがそのような宝石を持っている、とか噂《うわさ》でも構いません。聞いたことはありませんか？」

ウェルベックが会話の主導権を握り始めたことを悟り、私は聞き役に徹することに決めた。

熱々のスープを啜《すす》る。少し冷めてきたのか先ほどよりも食べやすかった。

店主は片付けをしながら、うーんと眉を顰《ひそ》める。

「……黄色の宝石ねえ。聞いたことはないけど、奴らのお頭が、あちこちの村や町を襲って宝石や金目になりそうなものを奪っているのは本当だから、もしかしたら中にはそういうのもあるかもねえ」

「ありがとうございます」

曖昧な答えだったが、それは仕方ない。

盗賊団の件はどうせ調べるつもりだったしと思っていると、ウェルベックは更に店主に尋ねた。

「もうひとつ、彼らの根城をご存じですか？」

「根城？　なんだってそんなことを知りたがるんだい……」

店主が不審げな目でウェルベックを見る。彼は人好きのする笑みを浮かべて彼女に言った。

「知っておけば、その場所を避けて通れるじゃないですか。私たちも盗賊団になんて出会いたくありませんからね。これは自衛ですよ。近くにある、と検問の方々からは聞きましたが」

「……あいつらの根城はここから西に二時間歩いたところにある廃村さ。十年ほど前に住民はいなくなったんだけどね。最近、あいつらが住み着いて」

はあ、と大きな溜息を吐く店主に、ウェルベックは笑顔で礼を言った。

「西、ですね。ありがとうございます。近づかないようにしますよ」

「その方がいいよ。あんたの嫁、すごく可愛い子じゃないか。夫であるあんたが守っておやり」

「もちろんです」

ウェルベックが強く頷く。

そのあとも店主は何かと私たちの質問に答えてくれ、色々なことを教えてくれた。元々お喋り好きというのもあるのだろう。嫌な顔ひとつせず、とても親切だった。

「ごちそうさまでした。お腹も膨れましたので、食後の散歩に行ってきます」

食事を終え、ウェルベックと一緒に立ち上がる。散歩と言うと店主はあまりいい顔をしなかったが、それは心配してくれたからだった。

「構わないけれど、遅くならないうちに帰ってくるんだよ。あいつらは気まぐれで、昼間にやってくることもあるけど、基本的には夜に来るんだ。ここ数日大人しかったから、そろそろ危ないと思うよ」

「ご忠告感謝します。ええ、早めに戻りますよ」

ウェルベックが店主に再度礼を言い、ふたりで店を出る。

時間はもう夕方だ。ウェルベックの顔を見ると、彼は「急ぎましょうか」と私に言った。

「盗賊団のアジトは西の廃村だそうです。もしかしたら彼らは今日、町を襲うやもしれない。その前に、彼らを叩き潰しましょう」

「そうね」

被害は少ない方がいい。

もちろん私に否やはなかった。

◇◇◇

彼らのアジトは店主の言った通りの場所にあり、簡単に見つかった。

全部で五十人くらい。襲撃の準備をしているのか、皆、見事に殺気立っている。

「……ウェルベック、どうするの？」

民家の裏側に気配を殺して隠れ、ひそひそと話し合う。

彼らを全員叩き潰してから宝石について聞くという大ざっぱな方針はあるが、どのようにするのかはまだ決めていない。

それに魔法こそ使えるが、私は一度も戦ったことがないのだ。正直に言えば少しだけ緊張していた。

「ソラリス、防御結界は張れますよね？」

「え、ええ」

それくらいなら余裕でできる。

元々竜人は魔法が得意な種族だ。私も父の力で人間に擬態していた時は、魔法なんてお伽噺《とぎばなし》だと思っていたし使えなかったけれど、記憶と力を取り戻してからは普通に使える。

肯定するとウェルベックは「それなら」と言った。

「防御結界を張って、ここで大人しくしていて下さい。私が行って、彼らを制圧してきますから」

「え、ひとりで行くの？」

「ええ。これでも三百年以上生きてきた竜人ですよ。戦闘訓練だって受けていますし、これくらいなら余裕です」

「でも……」

勝てないとは思わないが、やはりひとりでというのは心配だ。不安になって彼を見ると、ウェルベックは苦笑しながら私の頭を撫でた。

「大丈夫ですよ。それにあなたを戦わせる気は最初からありませんでしたから。ここにいて下さい。自分の身を守ってくれれば十分ですから」

「ウェルベック……」

「あなたに、人を傷つける真似をして欲しくないんですよ」

「……分かったわ」

一緒に行きたかったが、彼の言葉に折れた。私がここにいることが彼のためになるというのならそうしよう。だけど、何もしないというのは嫌だった。

「じゃあ、私がウェルベックの分の防御結界も張るわ。戦わないいんだもの。それくらいはさせて」

ひとり分もふたり分もそう変わらない。

私の提案にウェルベックは驚いたようだったが、すぐに笑顔で頷いてくれた。

「妻が守ってくれるというわけですね。心強いです」

「ウェルベックには必要ないと思うけど……」

「いいえ。百人力です」

もう一度私の頭を撫で、ウェルベックが民家から姿を現す。私は急いで自分と彼に防御結界を張った。物理攻撃を無効化する結界だ。魔法攻撃を弾《はじ》く結界はまた別にあるのだが、今回はこちらが適していると思った。彼らに魔力を感じなかったからだ。魔力がないのなら魔法は使えない。当然である。

「なんだ？　お前は……」

突然姿を見せたウェルベックに盗賊たちは驚いたようだったが、すぐに怒声を上げ、威嚇してきた。様子見とばかりに、まずはひとりが襲いかかってくる。

――ウェルベック……！

ヒトにしか見えなくても、彼も竜人で人間の拳などではダメージを受けない。結界だって張っている。だけど大切な人が攻撃されそうなのに助けに行けないというのは耐えがたい苦痛を私にもたらした。

出ていきたくなる気持ちを必死に耐える。ウェルベックは余裕のある微笑みを浮かべたまま、殴りかかってきた男の腕を摑《つか》み、軽く捻《ひね》った……ように見えた。

——ガキッ。

酷《ひど》く嫌な音が鳴った。

「うわああああああ!!」

悲鳴が上がる。男が自分の腕を押さえ、耐えきれず地面に転がり、のたうち回った。仲間が攻撃されたと知った他の男たちがウェルベックに一斉に襲いかかる。

「やっちまえ！」

目が殺すと言っている。殺気立った男たちの表情が恐ろしかったが、ウェルベックは平然とし、髪をかき上げた。

そうして一言。

「面倒ですね」

カッとウェルベックが目を見開き、咆哮《ほうこう》を上げる。彼の口から赤い炎が渦のように吐き出された。

——ドラゴンブレス。

竜人なら誰にでもできる私たちの基本攻撃技だが、その威力は人間には耐えきれないものだったようだ。彼の吐いた炎が、男たちだけでなく、辺り一面を焼き尽くしていく。正直言って、結構エグい。

炎は男たちを焼き、廃墟《はいきょ》のようになった民家をも焼き、地面も焼いた。その様子はまるで地獄絵図のようだ。

「他愛もない」

炎の中心に平然と立つのはウェルベックだ。

彼は冷たい顔で炎に苦しむ男たちを見下ろしていた。その姿がゾクゾクするほど格好良いと思うのは、嫁の欲目だろうか。

抵抗すらできず、盗賊たちは彼の炎の息の前に倒れた。死んでこそいないが、皆、かなりの重傷だ。

「う……う……」

「かはっ……化け物か……」

苦しげな声があちこちから聞こえる。

ウェルベックのドラゴンブレスだけで、五十人いた盗賊たちのほぼ全てが壊滅した。

炎に焼かれ、痛みを訴え、助けを求める男たちのひとりにウェルベックが悠然と近づく。その首根っこを片手で掴んだ。

そうして自らの目線まで持ち上げ、笑っていない笑顔で言った。

「お尋ねしますが、あなたたちの首領はどちらにいらっしゃいますか？」

「なんだ……その詭り。そんな変な言葉を喋る奴に、誰が言うもんか……」

痛みに顔を歪《ゆが》めながらもウェルベックを睨《にら》みつける男。こんな状態でありながら、まだいやみを言う元気があるとは吃驚だ。

——でも、やっぱり訛り、そんなに酷いんだ。

誰かに会う度に指摘されるので、ちょっとへこんできた。

ウェルベックがわざとらしく目を見張る。

「おや、炎に焼かれてもまだそんなことを言えるんですね。でもまあ、それならそれで構いませんよ。それならば、死んでもらっておしまいですから。私は居場所を吐いて欲しいだけ。別にあなたでなくても構わないんです。見せしめとしてあなたを殺して、そのあと素直になったあなたの仲間たちの誰かに尋ねましょう。そうすれば、きっと快く答えてくれるでしょうから。人の話す言葉を揶揄《からか》ったりすることもないと思います」

「オレが悪かった！　二度と揶揄わない！　か、頭は村の奥にある、大きな民家にいる！」

淡々とした言い方が逆に恐怖を煽《あお》ったのだろう。男が悲鳴のような声を上げ、あっさりと口を割った。

ウェルベックがじっと彼を見つめ、言う。

「嘘《うそ》を吐いてはいませんよね？　まあ、嘘だったらどうなるのか、賢いあなたならお分かりになるとは思いますけど」

「嘘なんて吐かない！　本当だ‼　誓ってもいい‼」

泣きそうな声で叫ぶ男に、ウェルベックが頷く。

同じように炎に焼かれ、呻《うめ》いていた他の仲間たちから、居場所を吐いた男に非難の声が上がった。

「お前、頭を裏切るのか！」

「うるさい！　ならお前たちが殺されればいいだろう！　見せしめのために殺されるなんて、オレは絶対に嫌だ‼」

その言葉で彼が嘘を吐いていないと確信したのだろう。ウェルベックが更に聞いた。

「あなたたちは女性を攫ったりもしているらしいですね。彼女たちはどこに？」

「頭と同じ場所にいる！　女はまず頭に献上するのが決まりなんだ！」

「なるほど。ご協力ありがとうございます」

にっこり笑い、ウェルベックは男の首に手刀を落とした。騒いでいた男が意識を失う。

男を適当に放り投げ、民家の裏に隠れている私を呼んだ。

「ソラリス。もう出てきても大丈夫ですよ。首領はどうやら村の奥にいるようです」

「え、ええ」

盗賊たちは皆、重傷で、誰ひとり反撃できないような状態だ。そろりと出ていくと、ウェルベックが私の手を引く。

「さあ、サクサクと参りましょう。何せ、どこに宝珠があるのか分からない状態ですからね。時間は有限。のんびりしている余裕はありませんから」

力技で盗賊たちをねじ伏せたウェルベックに、私は頷くことしかできなかった。

◇◇◇

男が言った通り、村の奥には大きな屋敷があった。他の民家に比べ、損傷もそこまで酷くない。その屋敷の入り口にはやはり盗賊たちが見張りについていたが、ウェルベックは魔法を放ち、あっさりと彼らを昏倒《こんとう》させた。

「時間の無駄です」

容赦なく先制攻撃していくウェルベックを驚きながらも見つめる。

宰相としての彼しか知らなかったが、どうやらウェルベックは意外と好戦的だったようだ。

己の伴侶の新たな一面に吃驚していると、ウェルベックがにこりと笑う。

「知りませんでしたか？　基本、竜人の雄は好戦的ですよ。何せ己の選んだつがいを他の雄から勝ち取らなければなりませんから。それと私は、非効率なことはあまり好きではない性分ですので。どうせ戦闘になるのなら、先に倒してしまえばいい。そう考えただけです」

「そ、そう……」

確かにウェルベックは効率的に物事を進めるのが好きな性質だ。

なるほどなと納得していると、ウェルベックがじっと私を見つめてきた。

彼は背が高いので、どうしても私と視線を合わせるとなると、しゃがむことになる。距離が近づき、頬が赤くなった。

結婚して十年が経とうと、私は彼が好きでたまらなくて、近くに来られると嬉しいやら恥ずかしいやらで大変なのだ。きっとこの感覚はこれからも変わらないのだろうなとなんとなく思う。

「こんな私はお嫌ですか？」

「えっ……」

「あまりこういう姿をあなたに見せたことはありませんでしたから。つがいを守るためには強くあらねばならないと思っていますが、あなたに嫌われるのでは意味がない」

「き、嫌うなんて。そんなことあり得ないわ！」

慌てて主張した。

ウェルベックを嫌いになるなど考えられない。

私は彼のことを、それこそ物心ついた頃から慕い続けているのだ。ようやく彼のつがいとなり、結婚して、日々彼を好きになることこそあれども、嫌いになることなど世界が崩壊しようとあり得ない話だと断言できた。

「ウェルベックは私の大切な旦那様よ。さっきだってその……怖いんじゃなくて格好良いなと思って見ていたし……」

容赦なく盗賊たちを駆逐していく様子はもしかしたら怖いと感じる方が正解なのかもしれない。だけど私にはそんな彼の姿がたまらなく格好良く映っていたのだから仕方ない。

多分これは、竜人女性なら分かってもらえる感覚なのだと思う。

自分のつがいが強い雄であることに、この上ない喜びを感じるという。

そういうことを告げると、ウェルベックは安堵の笑みを浮かべた。

「良かった。嫌われたらどうしようかと思いました」

「あり得ないから、心配しないで。その……私はあなたのつがいなんだもの。嫌いになるはずないってあなたも分かるでしょう?」

「ええ」

彼の服の裾を引っ張る。ウェルベックは優しく笑い「安心しました」と甘い声で言った。

「それでは、今日の大仕事をさっさと済ませてしまいましょうか。私の妻に、夫の良いところを見せなければなりませんからね」

「っ!」

——ウェルベック、格好良い。

向けられた視線に、私はときめきすぎて心臓が止まってしまうのではないかと本気で思った。

◇◇◇

盗賊団の頭を捕まえるのは、想像していたよりも簡単だった。

はりきったウェルベックが盗賊たちを魔法で片っ端から吹き飛ばし、その中に目的の首領もいたからだ。

「お、お前たち、何者だ……」

立っているのは私たちふたりだけ。そんな状況の中、顔に恐怖を張りつけ、首領が私たちに聞く。

その彼の頭をウェルベックは踏みつけながら辛辣に言い放った。

「あなたには関係ないことですよ。盗賊などという虫けら以下の存在に話す必要がありますか？」

――ドSだ。

踏みつけられた首領が屈辱で顔を真っ赤にし、なんとか逃れようと藻掻《もが》いたが、その努力は無駄に終わった。

そもそも竜人とヒトでは力が違いすぎる。押さえつけるのが片足だけであろうと、動けないようにするのは簡単なのだ。

「攫った女性たちはどこに？　あと、宝物庫は？　あなたの盗品の中に、私たちが探している宝石があるかもしれないんですよ。それを確認したいので教えて下さい」

「だ、誰がお前なんかに……がっ……！」

ウェルベックに蹴り上げられ、首領が痛みで目を見開く。

全身を痙攣《けいれん》させる彼に、ウェルベックが恐ろしい笑みを浮かべて言う。

「素直に、お願いしますね。ああ、あと、先に言っておきますが、私たちの詭りについて揶揄ってくるようなら殺しますから。忠告はしましたよ？」

殺気が滲む今の彼に、逆らえるような者はここにはいない。

そうして彼らの抵抗する気力を根こそぎ奪ったウェルベックは全員を縛り上げ、抵抗できなくしてから、攫われた女性たちを解放した。

「命が大事なら、大人しくしている方が身のためですよ」

ウェルベックが笑顔で言った時、彼らは全身をブルブルと震わせ怯えていたので、縛らなくても抵抗しなかったのではとも思う。

命が惜しいのは、皆同じなのだ。

そうして彼らの見ている前で、ウェルベックは堂々と彼らのお宝を検分した。

もちろん、本物を見極めるのは私の役目なので、私も一緒だ。

首領がいたところの更に奥の一室を宝物庫としていたらしく、その部屋は金目のもので溢《あふ》れていた。

宝石もたくさんあったが、煌《きら》びやかな鎧《よろい》や剣、金銀銅貨。高価なネックレスや指輪などのアクセサリーも驚くほどの量がある。

聞き出したところ、これらは全て近辺の村や町から奪ったものらしいと知り、眉を顰めてしまった。

「ソラリス、この中に宝珠はありますか？」

黄色の宝石を集め、ウェルベックが尋ねる。それらを受け取り、感覚を研ぎ澄ませてみたが、何も感じなかった。首を横に振る。

「この中にはないと思うわ」

「そうですか。これなんて、なかなか陛下のおっしゃったものに近いと思いましたが」

残念そうにウェルベックが取り上げたのは、丸い玉のような形をした黄色い宝石だった。確かに父が言った形にとてもよく似ている。実際、高価な品なのだろう。ウェルベックがその宝石を持つと、縛られていた首領が「あっ！」と声を上げたからだ。

「そ、それは……」

「それは、なんです？」

「……なんでもない」

途端、黙り込む首領をウェルベックが見つめる。彼の眼力に耐えきれなくなったのか、首領は震えながらも告白した。

それによると、ウェルベックが持っている宝石は、今は亡きどこぞの王国の国宝だったもので、国が崩壊した時にどさくさに紛れて盗み出したものだということが判明した。

「なんと……国宝を盗んだのですか」

「もう今は滅んだ国だ！　あれから二十年も経っている！　それは俺のものなんだ‼」

「……ふむ」

少し考えた様子を見せたウェルベックは、やがて何か思いついたのか頷いた。

「ここにある宝は全て、町の皆に渡しましょう。本当は、元の持ち主に返せればいいのですが、さすがに特徴的なもの以外は持ち主も分からないでしょうから。あなたたちが壊し、奪った町を再建するために使うのが一番いいと思います」

「なんだと……！」

全部を奪われると理解した首領が目を見開いたが、ウェルベックは無視をした。

そうして彼は有言実行とばかりに、解放した女性たちを町に送り届け、捕らえた盗賊を町民たちに突き出し、宝を町の復興に使うようにと言ったのだ。

誘拐された女性たちが突然帰ってきたことにも、私たちがたったふたりで（正確にはひとりだけど）盗賊団を壊滅させたことにも、そして大量の宝物を全て渡したことにも町の皆は驚いたが、それ以上に彼らは喜び、涙を流して私たちに礼を言った。

そうして、今は亡き国の国宝だという宝石を私たちに渡したのだ。

「価値がありすぎるものは争いの原因になります。これはあなたたちが持っていて下さい。あなたたちが取り返してくれたものですが、私たちからのお礼だと思って下されば……」

黄色い宝石を探しているというのを宿泊した宿の店主に聞いたのだろう。町の皆は全員で話し合い、宝石を私たちに譲ると決めたようだった。

本音を言えば、宝珠以外の宝石に興味はない。だけど全員に持っていって欲しいと言われれば断るのもなんだか申し訳がなくて、私たちは有り難く宝石を受け取ることにした。

「本当にありがとうございます……！」

町の人全員に深々と頭を下げられ、私たちは町をあとにした。

盗賊団については自分たちの目的のためにやったことで、彼らを助けようとしてしたことではない。だけど感謝されるというのは悪くなかった。

私たちはそのまま北にあるという王都へ向かった。

目的は、冒険者の登録だ。

何故そこへ行くのかというと、盗賊たちを捕らえた時に王都から兵士たちが派遣されて来たのだが、その時に誰が彼らを捕らえたのかという話になったから。

ウェルベックが名乗り出て、田舎町出身で身分証がないことを告げると、彼らはウェルベックに冒険者として登録することをすすめてくれたのだ。それどころか、王都にあるギルドに連絡をしておくとまで言ってくれた。元々冒険者登録はするつもりだったので渡りに船だ。

そういうわけだったので私たちは王都へ出向き、ギルドを見つけて早々に登録を済ませた。

捕まえた盗賊団たちは実は指名手配されていたらしく、登録が終わったあとには彼らにかけられていた懸賞金ももらうことができた。

これから宝珠を求めて長い旅が始まるのだ。お金はいくらあってもいいと思ったので遠慮なくもらった。

こうして正式に冒険者となった私たちは、時折ギルドで依頼を受注しつつ、色々な国を回るという毎日を送ることとなった。

ギルドは基本、どの国の王都にもあるし、ギルド同士には繋がりがある。違う国で受けた依頼の報奨金を、受けた国とは違う国のギルドで受け取ることも可能なのだ。それを利用して、私たちは依頼を受けながら世界各国を旅していた。

依頼は主に魔獣討伐と呼ばれるものを選んだ。

魔獣討伐。

特定の魔獣を退治する、非常に分かりやすいものだ。

私たちが行くと弱い者虐《いじ》めになってしまうのであまりやりたくはないのだが、魔獣討伐はランクがAよりも上になると、死ぬことも決して少なくない、人間にとっては非常に危険な任務だ。

人が死ぬくらいなら自分たちがやった方がいいと思い、私たちは率先してAランク以上の魔獣討伐依頼を受け続けた。

最初は難易度の高い討伐系クエストばかり選ぶ私たちに、ギルドの人たちは大丈夫なのかと不安半分といった顔をしていたけれど、やがてそれもなくなり、五年が経つ頃には、不本意ながらも『魔獣ハンター』と呼ばれるまでになっていた。

同時に黄色の宝石を追い求める冒険者としても有名になったが。

残念ながら五年経っても宝珠の行方はようとして知れず、未だ私たちは人間界を探し、歩き回っている。

もちろんその間に皆に妙だと言われ続けた訛りは直した。会う人、会う人、皆に揶揄われるのは嫌だったのだ。

そうして現地の人たちと変わらない生活ができるようになった私たちが今、向かっているのは海辺にある、とある村。

とはいっても目的地は村ではない。海の方だった。

数百年前に沖合で船が沈んだ。その船には財宝が積まれており、中には美しい指輪があったという。

その時滞在していた国の国立図書館を訪れたウェルベックが偶然文献を発見したのだ。宝珠と関係があるかもと思った彼は更に調べた。

その結果、指輪に使われている宝石の色が黄色だったと判明。

数百年前ということで時代もまあまあ一致するしと、確認するべくえっちらおっちらやってきたというわけだった。

ちなみに、村に向かう前にはSランクの討伐任務もこなしている。

人食い魔獣の討伐。

虎のような外見の巨大な魔獣だったが、私たちには脅威にもならない。

どちらが強いのか、獣たちは本能で察する。私たちを前にした魔獣は、まさに蛇に睨まれた蛙《かえる》状態になるのだ。

そんな魔獣をあっさりと片付け、倒した証拠となる牙を取ってからこちらに向かった。冒険者としての活動もしつつ、本来の『宝珠を探す』という任務も並行して進めるというのが今の私たちのやり方なのだ。

お金を稼ぐのは大切な仕事。年単位でかかっている任務で、定住地もない私たちだから、手っ取り早く貨幣を得られる手段があるのは有り難かった。

「海なんて久しぶりだわ……！」

村に着き、まずは付近にいた村民に宿泊できる場所を紹介してもらった。

そのあと、海岸に出てきたのだが、あまりに久々の景色に自然と胸が高鳴ってしまう。

「ソラリスは海を見たことがあるのですか？」

水平線を眺める私の隣に立ったウェルベックが聞いてくる。それに笑顔で頷いた。

「ええ。日本にいた時にね。二、三度だけど友人や家族と海水浴に行ったの」

「友人……は分かりますけど家族と？　つまり陛下と妃殿下と一緒に、ですか？」

「ええ。その時は人間のふりをしていたもの」

信じられないという顔をするウェルベックに、そうだろうなと思いつつも肯定する。

日本にいた時、記憶を封じ、ただの人間として生きていた娘のために、父と母は色々なことをしてくれた。

休みの日に出掛けたのもその一環だ。

「他にも遊園地に遊びに行ったり、水族館に行ったり、動物園にも行ったわ。今考えると確かに笑えるんだけど、すごく楽しかったし、良い思い出になったと思う」

「そう、ですか……」

ウェルベックが複雑そうな顔になる。

竜園国の国王が、家族サービスに海水浴や遊園地に出掛けたというのが信じられないのだろう。

だけど全部本当のことだ。

「海はその時以来だから本当に久しぶり。竜園国に海はないし」

空の上にある竜園国に海がないのは当たり前。寄せては返す波を見ていると、楽しい気分になってくる。

「ウェルベックはどうなの？　海は初めて？」

「ええ。ほとんどの竜人がそうではないでしょうか」

「そうよね。で、感想は?」

ウェルベックがなんと答えるのかが気になり聞いてみると、彼は海をじっと見つめながら口を開いた。

「広い、ですかね。あと、知識としては知っていましたけど、波というのが不思議だなと」

「確かに」

「こういう機会でもなければ、海なんて見ることもなかったでしょうし、これはこれで良い思い出になるのかなと思います。何せ、あなたと一緒ですし」

「海でのデートよね。実は少し憧れがあったから嬉しいなって思ってる」

恋人同士が夏の旅行で海に出掛けるというのは、鉄板だ。日本にいた頃は、自分には縁がないものと思っていたが、年相応の憧れはあった。

まさかそれがこちらの世界に戻ってきてから叶《かな》うとは思いもしなかったけれど。

夏というわけではないので、海水浴をしている人はいないようだ。まあ、海水浴という概念があるのかも不明だけど。

その代わり、漁師と思われる人たちが大きな網を引いているのが見えた。

皆、日に焼けて肌が黒く、体格が良い。

ウェルベックと手を繋いでただのんびりと歩くのは楽しく、時間が経つのも忘れてしまう。

「たまにはこんなデートも良いわよね」

いつもは冒険者としての任務か宝珠の情報を追っていて、ゆっくりする時間もない。

今だって宝珠のためにやってきただけなのだけれど、ウェルベックと散歩する時間が取れたのは嬉しかった。

「ソラリス」

「ん？」

ウェルベックが私の名前を呼ぶ。返事をし、立ち止まった。彼の顔を見上げる。

「何？」

「愛していますよ」

「急にどうしたの？」

前振りも何もなく突然言われ、目を瞬かせた。

思わず彼を凝視する。ウェルベックはクスクスと笑っていた。

「いえ、最近あまり言えていないなかったなと思いまして。つがいに愛を伝えないなど、竜人の男としては失格だと反省していたところなんです」

「そうかしら？　十分伝わっているけど」

彼に深く愛されているのはよく分かっている。

最初は私の片想《かたおも》いだったが、想いが通じてからは同じだけの質量の愛を返してもらっていると思っているし、満足しているのだ。

だが、ウェルベックはゆるゆると首を横に振った。

「足りませんよ。竜人は愛情深い種族ですからね。あなたも竜人なのに、どうして不満に思わないのか不思議なくらいです」

「うーん、それは私が二十年ほど、日本で暮らしていたからじゃないかしら」

日本の男性は、積極的な愛情表現をする人はあまり多くない。それどころか、「愛してる」の言葉さえ言わない夫がいるくらいだ。言葉にしなくても分かっているはずだからという理由で。

私はそんな夫婦生活は嫌だし、嫌だと考える人の方が今は多くなっているけれども、言わない男性は未だ一定数いるらしいのだ。

そういう社会の中で暮らしていた感覚が、まだ抜けきれないのかもしれない。

日本でのことを説明すると、ウェルベックは目に見えて不快だという顔になった。

「つがいに愛を伝えないなど、万死に値します」

「ね。私も結婚しても『好き』って言ってもらいたいわ。ウェルベックは毎日言ってくれるから満足しているけどね」

「足りませんよ。今、もっと伝えなければならないと決意しました。一日数回気持ちを伝えただけで満たされるようでは困ります。あなたを私の愛で溺れさせるくらいでないと」

「楽しみにしてるわ」

「ええ、任せて下さい」

真剣な顔で告げるウェルベックを見ていると、なんだか口元が緩んでしまう。

今の生活に、私はなんの不満もないのだけれど、もっと愛してもらえるのなら愛されたかった。

そういうところは私も竜人女性なのだと思う。

「ソラリス」

「ん？」

ウェルベックが私の名前を呼ぶ。柔らかな声に顔を上げると、ウェルベックは身を屈《かが》め、軽く唇を合わせてきた。

「んっ……」

濡《ぬ》れたリップ音が響く。触れるだけの口づけではあったが、ここは外だ。なんだかとても恥ずかしくて頬を染めると、ウェルベックは蕩《とろ》けるような目つきで私を見てきた。

「愛していますよ。私のつがい」

どうやらさっそく、『溺れさせ作戦』を実行してきたようだ。それに気づき、口元が綻《ほころ》ぶ。

私は彼の長い髪を摑むと、彼をぐっと引き寄せた。

特に抵抗もなく、もう一度唇が重なる。至近距離で彼の美しい銀灰色の瞳をまっすぐに見つめ、彼にだけ聞こえる小声で告げた。

「私も愛してるわ。私の愛しい旦那様」

「ソラリス――」

もう一度、という風に抱き寄せられた。今度の口づけは先ほどまでとは違い、とても激しいものだった。唇を食べられてしまうかと思うような熱いキスに応えていると、舌が口内に侵入してくる。

「っ……！」

一瞬、こんなところでと理性が働いたが、すぐに霧散した。

だって夫を感じていたい。夫がくれる激しい愛を受け止めたかった。

「んんっ……」

舌を絡め合う濃厚なキスに頭の芯が痺《しび》れてくる。ウェルベックは存分に私を貪ったあと、ゆっくりと身体を離した。少しだけ、蹈鞴《たたら》を踏む。腰が抜けるとは言わないが、淫らなキスにずいぶんと酔ってしまったようだ。

「……もう」

「嫌、でしたか？」

「まさか。答えが分かっているのに聞くなんて、ウェルベックは意地悪だわ」

「あなたからもっと、の言葉を聞きたいだけですよ」

返された言葉を聞き、口が勝手に笑みを象《かたど》ってしまう。

私の表情で気持ちが分かったのか、再度ウェルベックが顔を近づけてきた。

それをふっと躱《かわ》す。

「ソラリス？」

「これ以上は駄目」

「それは酷くないですか？」

拗《す》ねた顔で見つめられたが、私は首を縦には振らなかった。だって——。

「これ以上あなたに触れたら、抱かれたくなるもの。……だからまた、時間ができたらね」

人間と違い、竜人の性交は非常に長いのが特徴だ。

ウェルベックも例に漏れず、一晩中腰を振って、ようやく一度精を吐き出すというくらいには時間がかかる。

しかも結婚してからは一度で終わることがなくなったので、当然一晩では終わらない。抱き合う時は、わざわざ休みを取って、一週間くらいかけてじっくりということがほとんどだった。

そのせいで人間界にやってきてからは、彼と抱き合うことができていないのだけれど。

そのことをウェルベックが不満に思っているのは分かっていたが、私だって辛いのだ。

「……定住地がないというのはこういう時に困りますよね」

諦めたように息を吐くウェルベックを私は軽く睨みつけた。

「ウェルベックが一回で終わってくれるなら、今でも応じられるんだけど？」

「ああ、それは無理です。止まれる気がしません」

「……ほら、やっぱり。ウェルベックが原因なんじゃない」

あっさりと言い切られ、目が据わった。そんな私の手をウェルベックがそっと握る。

「つがい持ちの竜人男性は、皆、似たようなものですよ。つがいを相手にして一度で終われることの方が少ない。中にはひと月籠もりきりという竜人もいますからね。それを考えれば私は理性がある方だと思います」

「自慢げに言わないでよ」

「ですから堪え性のある私は、あなたを存分に抱ける機会が来るまで我慢しますよ」

「……私はあんまり待ちたくないんだけど」

早く夫に抱かれたい。

正直な気持ちを告げるとウェルベックも頷いた。

「それは私もです。早く宝珠を見つけましょうね」

もう一度軽く唇を重ねてから、歩き出す。

潮風が吹く。

少しべたついた風は、私たちには馴染《なじ》みのないものだが不快ではなかった。

ウェルベックがリラックスした表情で深呼吸をする。

「ああ、なかなか気持ちが良いですね。定住もせず、ずっと旅をしていると、心の余裕もいつの間にかなくなっているような気がします。竜園国ではもっと時間がゆっくりと流れますから。ずいぶんとせせこましい気持ちになっていたのだなと気づきましたよ」

「そうね。人間と生きているんだものね」

ざざーという波音が心地よく耳に響く。

寿命が長い竜人たちは日々をのんびりと暮らしていて、それが心の余裕に繋がっている。それに対して人間は生き急いでいるように思える。

人間界で暮らすうちに、私たちも彼らに感化されていたようだ。

「もう少し、余裕を持たないと……」

宝珠を探して五年。

竜人からしてみれば五年くらい大した年月でもないのだが、最近気分が妙に急《せ》いていたことに気がついた。

早く見つけなければと焦ってばかりで、竜人らしさを失っていた。

「気を取り直して、のんびりといきましょうか」

「ええ、そうね。デートついでに見つけた、くらいがちょうどいいわよね」

「あなたを抱きたいので急ぎたい気持ちはありますが、ずっとふたりきりでデートしている今の状態は悪くありませんしね」

正直すぎる答えに苦笑してしまう。

でも、私も同じように考えていた。

人間界にいる時間全てが、彼とのデートだ。それならもっと楽しく過ごしたい。

「今回は、海水浴にデート。ついでに宝珠を探しに来たって感じかしら」

沈没船を探すことを海水浴というのはどうかとは自分でも思ったが、これもデートの一環だと思うとテンションも上がる。

ウェルベックもなんだか楽しそうな顔をしていた。

「海水浴ですか。初体験です」

「うーん。どちらかというと、ダイビングね。だって海の中に潜るんだもの。ダイビングは私も初めてだから楽しみだわ」

「ダイビング、というのですね。では、今回はダイビングデートです。一緒に海中の景色を楽しみましょう」

「ええ」

すっかり気持ちが盛り上がってきた。

ふたりでどんな風に海を潜るか真剣に話し合い、小一時間くらいかけて海岸を歩いてから宿泊している宿に戻ってきた。

村に一軒しかないという宿は部屋こそ狭かったが、綺麗に掃除がしてありなかなかに居心地がいい。

「さて、ウェルベック。沈没船探しはいつから始めるの？」

ダイビングデートをするのは楽しいが、できれば人間に見つからないように済ませたい。

そう思っての発言だったのだが、ウェルベックも同じことを考えていたようだ。

「今晩、真夜中になってから実行しましょう。暗闇でも私たちには関係ありませんから。見咎《みとが》められる心配もないし、夜のうちに全てを済ませるのがいいと思います」

「そうね。今回は依頼とは関係ない話だし、そっと確認だけしに行けばいいんだものね」

昼間に大々的に沈没船を探せば、どうしたって目立ってしまう。

私たちが探索に使う魔法は、竜人特有のものが多く、多少誤魔化しはできるものの、できれば人間に見られたくないのだ。

真夜中を待ち、ふたりで宿を抜け出す。

夜釣りを楽しんでいる者がいないか心配だったのだが、幸いなことに誰もいなかった。

「ウェルベック」

「ええ」

ふたりで頷き合い、魔法で身体を浮き上がらせる。

竜化しなくても竜としての力が封じられていなければ、力は使える。

海の上を低く滑空し、ウェルベックが当たりをつけていた場所へと移動した。

「私の予測ではこの真下に沈没船が眠っていると」

「だいぶ、深そうよね」

海を見下ろす。夜の海は真っ黒で、なかなかに恐怖を誘った。

「とはいえ、行くしかないんだけど」

覚悟を決め、自分の周囲をシャボン玉のようなもので覆う。

ウェルベックも同じようにし、先に海の中に入った。私も彼のあとを追う。魔法を使っているので海の中でも関係なく進むことができる。中は暗かったが、森の中と同じように、困ることはなかった。

色々な意味で竜人はチートなのだ。

人間が竜人を自分たちと一緒に暮らせない、脅威だと感じるくらいには、その気になればなんだってできる。

海の中は危険のない魚から、人を襲いそうな鮫《さめ》のようなものまで様々な生き物がいたが、皆、私たちを無視していく。自分たちが襲われないのなら関係ないといったところだろうか。

ずっと様子を窺っている陸にいる魔獣たちとは反応がまた違い、面白かった。

『綺麗……』

暗い海の中だが、昼間とほとんど変わらない感じで見えるので普通に楽しい。

海中は静かで、気持ちが落ち着いてくる。

『ウェルベック。初めての海はどう？』

彼がどう感じているのか知りたくて前を行くウェルベックに尋ねる。

『そうですね。不思議な感じです。空を飛んでいる時の感覚に似ているような、違うような。ただ、静かでとても心が安らぎます。美しい魚たちを見ているのも楽しいですし』

『ね』

カラフルな魚たちが集団で私たちの目の前を横切っていった。

本当にダイビングをしているみたいだ。ウェルベックとあの魚が綺麗だの、珍しいだの話しながら海の底を目指して沈んでいく。途中、何度も足を止め、海中の景色を楽しんだ。

これはデートだ。間違いない。

邪魔する者のいないデートはとても楽しく、私は目的があることを忘れ、素直にフィッシュウォッチングを満喫してしまった。

『ソラリス、そろそろ行かないと、夜が明けてしまいます』

『あ、ごめんなさい。つい楽しくて』

ウェルベックに声を掛けられ、ハッとした。いつの間にか、ずいぶんと時間が経っていたようだ。

『私も楽しかったので人のことは言えませんが、私たちには成すべきことがありますからね。まずはそれを終えましょう』

『ええ』

頷き、今度こそ真面目に海の底を目指して潜っていく。

少し時間はかかったが、しばらくすると無事、海底に辿《たど》り着いた。ずいぶんと深い。近くに沈没船らしき残骸が見えた。沈んで数百年経っているからか、船の形はかなり朽ちている。深海魚が住み着き、見た目はとてもおどろおどろしい。

『ウェルベック、あっち』

船を指さすと、ウェルベックは頷いた。

『大体、予想通りの位置にありましたね。二度手間にならなくて良かった』

別の場所に流されているかもとも思っていたのでホッとした。

ふたりで船に近づいていく。

『大きいわね』

『当時の王族への土産を積んだ船だそうです。目的地に着く前にこうして沈んでしまいましたが』

『そう……』

乗組員たちは助かったのだろうか。

数百年前の話だと分かってはいたが、ふと気になった。

船の側を鮫が泳いでいたが、私たちに気づくと静かに去っていった。船底に大きな穴が開いている。何かにぶつかって沈んだのだろうか。

『沈没の原因は不明、と言われていますけどね。真夜中のことだったらしいですし、訳が分からないまま沈んだのでしょう。沈みきるまで三十分もかからなかったようですよ。当時、生き残った船員が、そう証言しています』

穴を見ていた私の考えを読んだのか、ウェルベックが調べたことを教えてくれる。

『中に入りますよ』

ウェルベックの言葉に頷き、中へと進む。

半開きになっている扉から船内に入る。ボロボロに崩れた船内はまるでお化け屋敷のようだ。

『こちらです』

迷う様子もなく、ウェルベックが進んでいく。事前に、船内の間取りについても調べていたのだろう。しばらくして目的地らしき場所に辿り着いた。どうやら倉庫のようだ。

その場所もかなり傷んでいたし、大部分が流されていた。だが、朽ちた箱や錆《さ》びた宝箱のようなものがいくつか残っている。箱の中には当時の衣装などが、宝箱らしきものの中には金貨や宝石、アクセサリーなどが詰まっていた。

『ソラリス、どうですか?』

宝珠の気配を感じるか聞いてきたウェルベックに首を横に振る。悲しいくらい、何も感じなかった。中には今回の目的である指輪もあったのだが、触れてみてもそれらしいものだとは思えなかった。

これは違う、ハズレだ。

『駄目ね。ハズレだわ』

そうだろうとは思っていたが、それでも少しは期待していたので、がっかりしてしまう。

私の言葉を聞いたウェルベックも分かりやすく落胆していた。

『そうですか……。年代的にも可能性が高いと思ったのですが』

溜息を吐きつつ、ウェルベックが指輪を回収する。

宝珠ではなかった宝石は放置するのが基本だが、持ち主不明のものに関してだけは回収させてもらうことにしていた。誰かが見つけ、それが噂になった時、すでに確認したものと気づかず、再度確かめに行ってしまう可能性を防ぐためだ。

作業を終え、海の上に戻ってくる。いつの間にか、朝日が昇り始めていた。

海中で魚を眺めていた時間が長かったせいだろう。

漁師たちに気づかれては困るので、注意しながら海岸へ戻る。

誰もいないことをよく確認し、飛行を止め、砂浜に降り立った。

私たちの身体を覆っていたシャボン玉がパリンと割れる。

「ふう……」

「残念でしたね」

ウェルベックが私に手を差し出しながら言う。それに対し、私は首を横に振って答えた。

「残念なのは残念だったけど、滅多にできない珍しいデートができたからいいわ。海中デートなんて自分では思いつけないもの」

「……そうですね。海の中はとても綺麗でしたし」

一拍遅れてではあるが、ウェルベックも同意してくれる。私は笑顔を作り、彼に言った。

「誰にも気づかれない場所があるなら、今度は昼間の海に潜ってみたいわ」

「——ええ、それがあなたの望みならば」

ウェルベックも微笑む。彼の笑みを見ていると、大抵の面倒事は「まあいいや」と思えるから不思議なものだ。

宿に戻りながらぐっと腕を伸ばす。

「さあて、それじゃあ次ね。次はどの国に行くつもりなの？」

宝珠探しも五年が経てば、「またか。次に行こう」と気持ちを切り替えるのも慣れたものだ。

ウェルベックのことだ。すでに次の心当たりがあるのではと思い尋ねると、彼は「ディミトリに行こうと思っています」と答えてくれた。

「ディミトリ？　ディミトリって、あの？」

「ええ、ここから近いですから。一度くらい訪ねてみるのもいいかと思いまして」

「それは構わないけど……」

初めての国だ。

ウェルベックの決定に頷き、村の宿に戻る。睡眠は取っていないが、一晩くらいならどうということはない。さっさと荷造りを済ませ、朝食を食べてから村を出た。

向かうのはウェルベックの提案通り、東の大国と呼ばれるディミトリ王国。その王都だ。

ディミトリは、三百五十年ほど前にできた国で、戦争を繰り返し、たくさんの属国を従えている大国だ。

今まで私たちはディミトリに一度も行ったことがない。それは何故かといえば、かの国付近での討伐依頼がほとんどなかったから。

ディミトリは軍事力のある国で、討伐系依頼をギルドに発注しなくても、自分たちで片付けてしまえるのだ。

「ディミトリって、実際はどんな国なのかしら。噂だけはよく聞くけど」

軍事に力を入れている国。よく戦争をしている国。

時折属国に反旗を翻され、武力で制圧しているとも聞いているが、ここ五年ほどは大人しいとか。

国王は四十代とまだ若く、野心家で、子供は娘がひとり。正妃とよく似ているらしく国王は己の娘をずいぶんと溺愛しているようだとか。

「噂だけでは判断できませんよ。実際に見てみなくては分かりません」

「そうよね。少なくとも領土内は平和そうだし」

村を出て三時間ほど歩き、私たちはディミトリ国内に入っていた。

戦争をよくしているということだから、ギスギスした雰囲気なのかと思っていたが、どこも平和そのものだ。田畑を耕している人たちは総じて笑顔だったし、目につくような貧困もない。

王都へ続く道も安全なもので、他国なら確実に出てくるランクD～Fレベルの魔獣も見当たらなかった。

荷馬車が通りかかった。一応、護衛を雇ってはいるみたいだが、護衛の方に緊張感はほぼない。他国ではなかなか見られない珍しい光景だった。

また一台、荷馬車が私たちを追い越していく。私たちは徒歩なので、道の端をのんびり歩いていた。整備された道は馬車が二台並べるくらいの幅があり、歩くのも快適だ。

途中、昼ご飯を食べ、またてくてくと道を歩いた。本当に平和だ。魔獣の気配も感じられない。

ひたすら歩き続け、夕方に差し掛かった頃、ウェルベックが少し先に目を向けながら口を開いた。

「ソラリス、見えてきましたよ。ディミトリ王国の王都、リスベンです」

彼の視線を追い、驚きに目を見張る。

「……！」

王都リスベンは見事な城塞都市だった。

ぐるりと高い壁が王都を覆っている。壁は魔獣が飛び越えられないくらいの高さがあり、入り口には検問を行っている兵士たちが何人もいた。

兵士たちは皆、きっちりと鎧を着込み、武器を持って王都に入る人たちをチェックしている。

荷物もいちいち確認しているようで、その分時間がかかっているのか、検問待ちの行列ができていた。

「……すごい。本格的」

今までおざなりな検問しか受けたことがなかったので驚いた。

この五年で十を超える国を旅してきたが、ここまできちんとしている国は初めてだ。

やはり戦争をよく行っている国だからだろうか。

王都の外側の平和な様子とのギャップに吃驚してしまう。

ウェルベックが眉を顰め、空を見上げた。

「……急ぎましょうか。検問に時間がかかりそうだ。下手をすれば今日中に中に入れないかもしれません」

「ええっ？」

野営は慣れているが、今日は宿に泊まれると思っていたので、できれば御免被りたい。

昨夜は寝ていないことだし、今日はベッドで身体を休めたいのだ。

急いで王都の入り口へ向かう。近づけば混んでいるのは荷物の多い商人たちの列だけで、一般人用の列はすぐだということが分かった。

「身分証明書を見せて下さい」

兵士に言われ、私たちは身分証を提示した。五年も人間界にいれば、この辺りは手慣れたものだ。

ウェルベックの身分証を確認した兵士の目が丸くなる。

姿勢を正し、態度を更に丁寧なものに変えた。

「Sランク冒険者の方でしたか……。失礼しました。どうぞ中へ」

この五年でウェルベックの冒険者ランクは最高位であるSになっていた。ちなみに私はCランク。可もなく不可もなくといったところだろうか。

討伐系のクエストを受けてはいるが、防御魔法をかけるのがほとんどで戦っていないからという理由なのだが、私はあまり気にしていない。ウェルベックと一緒ならランクなどなんでも構わないのだ。

Sランクの冒険者は、今は十人ほどしかいないらしい。ほんの一握りの優秀な人材。彼らが驚いたのも当然のことだった。

身分証を懐にしまい、ウェルベックが尋ねる。

「ギルドはどこにありますか？　この国は初めてなもので」

「ギルドでしたら、大通り沿いを歩けばすぐに。……もしあなたが大会に出たら盛り上がるんだろうなあ」

「大会？」

なんのことだろう。私たちの疑問に兵士は笑いながら答えてくれた。

「もうすぐここで武術大会が行われるんですよ」

「そんな大会があるんですね」

「Sランクの冒険者が出たらきっと盛り上がると思いまして。武術大会は定期的に行われていて、その時々で賞金額や褒美は変わります。出場に制限はありませんので気が向きましたら是非」

兵士はにこにこと話し続ける。

「武術大会は国民に大人気の催しなんです。見学するだけでも楽しめると思いますよ。冒険者なら確か、見学チケットがギルドで優先的に買えたんじゃないかな」

「情報ありがとうございます」

親切に色々と教えてくれた兵士にウェルベックが礼を言う。こういう時、彼に会話を任せるのが当たり前になってしまった。

もちろんそれはよくないと思っているし、最初は私も頑張っていたのだけれど、ウェルベックが嫌がったのだ。私が男と話すのが不快だ、という理由で。

竜人男性はつがいに対し、執着することが多い。

ウェルベックも例に漏れず、私のことを深く愛してくれているのだが、種族の違う人間相手でも、嫉妬してしまうようだ。

——まあ、分かるけど。

ウェルベックは見目麗しい人だから、どこの国に行ってもものすごくモテるのだ。その度に私も嫌な気分になっているから、彼の気持ちは理解できる。

そういうことだったから、男性と会話する時には、基本的にウェルベックに主導権を譲っている。代わりに女性相手の時は私が話していることが多いけれども。

これがお互いの妥協点なのだ。

「それでは行ってらっしゃいませ。どうかディミトリを楽しんで下さい」

「色々ありがとうございます」

笑顔の兵士と別れ、王都の中に入る。

王都は活気があり、人がたくさんいた。

「すごい……」

今まで旅をしてきた中でも、一番賑《にぎ》やかかもしれない。

大通り沿いに、露店がいくつも出ている。客が買い物をしている姿があちこちで見られた。談笑している様子には余裕が感じられたし、皆、リラックスしているように見える。

建物は古びたものから新しいものまで様々だったが、どれもきちんとメンテナンスが行き届いている。とても綺麗な町だ。

走り回っている子供たちも笑顔だった。

ディミトリが歴史のある大国だということを一目で理解した。

「こんな栄えている町、初めて見たわ」

正直に思ったところを告げる。検問を無事終えた荷馬車がゆっくりと道の真ん中を通っていった。

大通りの先に、城の尖塔《せんとう》らしきものが見える。おそらくあそこにディミトリ国王が住んでいるのだろう。

「確かに、ずいぶんと賑わっていますね」

いつものように町を観察しつつ、まずはギルドを目指す。兵士が言っていた通り、大通り沿いに黒一色の旗が翻っていた。

ずいぶんと大きなギルドだ。いつも使うギルドの二倍くらいの広さがあるのではないだろうか。

「ようこそ、ディミトリのギルドへ！　ご用件がある方は、まずはこちらへどうぞ」

扉を開けて中に入ると、正面にいた受付らしき女性が笑顔で声を掛けてきた。

ギルドの中は酒場のような造りで、丸テーブルがいくつも置かれている。武器や防具を身につけた冒険者たちが、それぞれ寛《くつろ》いだり、隅に集まって談笑したりしていた。

彼らはグループごとに集まり、楽しげな様子だったが、一斉に私たちに敵意の籠もった視線を向けてきた。それをウェルベックは軽く微笑むだけでいなす。

これはギルドでの洗礼のようなものだ。どの国に行っても、似たようなことは起こる。

私たちの慣れた様子に、何も知らない新人ではないと理解したのだろう。冒険者たちはあっさりと興味をなくし、自分たちの話へ戻っていった。

それらを確認し、ホッと息を吐く。新しいギルドに受け入れられるまでの、この毎回のやり取りが私は苦手だった。

怖くはないが、嫌な気持ちになるのだ。こういうものだと分かっているから、文句を言うつもりはないけれども。

気を取り直して、ギルドの中を観察する。

入り口近くの掲示板にはクエストが書かれた依頼書が貼りつけてあった。右側の奥の方にふたりの女性が座っている。彼女たちが依頼を受け付けてくれたり、報奨金の支払いをしてくれたりするのだ。

まずは先ほど声を掛けてくれた女性のところに向かい、用件を告げる。

「報酬の受け取りと、あとは新たな依頼を受けたいんですが」

「かしこまりました。一番カウンターで受け付けます」

彼女の言葉に頷き、一と書かれてある席に座っている女性のところへ向かう。

用件をもう一度告げると、女性は落ち着いた声音で私たちに言った。

「まずは冒険者カードのご提示、そして任務達成の証拠の提出をお願いします」

この辺りのやり取りはどこの国も変わらない。

先ほど兵士にも見せた身分証にもなるカードを渡す。ウェルベックのカードも受け取り彼女に渡すと「Sランク……」と小さな声が聞こえてきた。だけどそれ以上は言わない。

私も黙って、討伐した魔獣の牙を提出した。

「依頼達成を確認しました。それでは続いて報酬の支払いに移行します」

女性は粛々と手続きを進め、すぐに報酬を用意してくれた。

「それではこれが今回、Sランク任務達成の報酬となります。新たなミッションはどうなさいますか？　今でしたら、Aランクミッションがございますが」

一枚の紙を渡される。

それは、よくある魔獣の討伐依頼だった。

確かにAランクではあるが、そこまで難しくない。私たちがわざわざ出向かなくても問題ないレベルだ。それを確認し、彼女に聞いた。

「他に高ランクの依頼はありませんか？」

「現在は特に」

「そうですか。それではまた日を改めます」

「かしこまりました」

常に依頼を受けている必要もない。

緊急性のある依頼がないのなら、無理に引き受ける必要もないと判断した。やり取りを終わらせ、後ろにいたウェルベックの方を向く。

ギルド内にいた他の冒険者たちが私たちを凝視していた。

「……あ」

しまった。

先ほど女性が「Sランク」と言ったのが聞こえていたのだろう。小声だったので大丈夫かと思っていたが、見事にバレてしまったようだ。

彼らは一言も喋らず、私たちを見つめている。その表情は驚愕《きょうがく》に彩られていた。

「Sランク……嘘だろ」

テーブルに座っていた男が、ポツリと呟いた。熱の籠もった声を聞き、これはヤバいと思った私はウェルベックを促した。

「……ウェルベック。行きましょう」

「そうですね」

取り囲まれて色々質問されるのも億劫だ。

Sランク冒険者の数は少ない。話を聞きたいという者たちも多いのだ。

「あ、あの……」

男が立ち上がり、ウェルベックに話し掛けようとしてくる。

無駄な時間を取られたくなかった私たちは、聞こえなかったふりをして、急いでギルドをあとにした。

第二章　武術大会

「疲れた……」

無事にギルドの外に出て、近くにあった宿を取った。

宿のランクは中の上くらいだ。いつも通り料金を先払いで済ませ、部屋へと向かった。

この世界での宿は酒場と一緒になっている場合が多く、食事とセット料金というのがほとんど。外に食べに行く必要もないし、ご飯も美味しいので助かっている。

部屋に荷物を置き、一階の酒場に向かう。

酒場はちょうど夕食時だったからか、仕事帰りの男性が多く、当たり前だが皆、酒を飲んでいた。大きな声で話し、笑っている。酒場によくある雰囲気だが、私は少しだけ苦手だった。

とはいっても、五年も経てば嫌でも慣れるけれど。

気を取り直し、店主に食事をお願いする。

店主は五十代くらいの女性だった。キッチンの奥で料理をしている男性が見える。おそらく夫婦で経営しているのだろう。そういう宿は、今までも少なくなかった。

でも不思議と、大概女性が店主だったりするのだ。

気のいい女将《おかみ》さんというタイプが多く、とても話し掛けやすい。

「どこでも好きなところに座っておくれ！」

その言葉に甘え、カウンター席を選んだ。これはいつものことだ。店主と会話の機会が増えるので情報収集が捗《はかど》る。

今日の夕食は、鶏の唐揚げに甘酢が絡められており、その上にタルタルソースのようなものがかかっている。チキン南蛮といった感じだろうか。

甘酸っぱい味が食欲を誘う。

「幸せの味……」

付け合わせの野菜もとても美味しく、満足いく夕食だった。料理人の腕が良いのだろう。ここまで美味しい夕食に当たったのは久しぶりだ。

「お嬢ちゃん」

上機嫌で食後のお茶を飲んでいると、近くの席に座っていた男性が話し掛けてきた。嫌な予感がする。自然と身体が強《こわ》ばった。

「お嬢ちゃん、可愛いな。こんな優男と一緒にいないで、オレたちと酒を楽しもうぜ」

「……結構です」

汗と酒の混じった匂いに眉を寄せる。

私に声を掛けたことに不快感を覚えたウェルベックが、牽制《けんせい》するように男に言った。

「私の妻に話し掛けないでもらえますか？　不愉快です」

「不愉快だって？　あははっ！　お前のような優男がよく言うぜ！　お嬢ちゃんだって、女みたいな男よりオレたちのような筋骨隆々の男の方が好きなはずだ。な、お嬢ちゃん」

店内にいた男たちが一斉に笑う。

「そうだ、そうだ。そんな形《なり》じゃどうせ大したブツを持っているわけでもないんだろう？　そうだ、お嬢ちゃん。酒を飲んだらオレと一緒に来ないか？　旦那相手では味わえない天国を見せてやるぜ？」

「何言ってんだ。俺に任せとけよ。長さには自信があるんだ。お嬢ちゃん、あんたも長いのが好きだよな？　お嬢ちゃんはちっこいから、子宮の奥まで突っ込んでやれるぜ」

あまりに品のない言葉に、頬が引き攣る。

ゲラゲラと下品な笑いがそこかしこから聞こえてくる。

また別の男が大袈裟《おおげさ》に手を叩きながら言った。

「いや、いっそのこと、その男も一緒にヤってやればいいんじゃないか？　女みたいな見た目だし、意外と悪くないかもしれん」

「は？　男相手に勃《た》つかよ」

「男でも大丈夫な奴、いるだろ。そいつらを呼べばいいんだ」

「ああ、そりゃあいい」

すっかり調子に乗っている。

何が楽しいのか、男たちはバンバンとテーブルを叩いて喜んだ。

「……」

気分が悪い。私たちを揶揄って、遊んでいるのは明白だった。

最初に私に声を掛けてきた男がぐふぐふと気持ち悪い顔で笑う。

「ま、そういうことだ。お嬢ちゃん。今夜はオレたちと一緒に楽しもうぜ」

親しげに肩を叩かれ、総毛立つ。

「ちょ……止《や》めて下さい」

揶揄われるくらいはギリギリ我慢できても、触られるのは無理だ。

嫌悪に身体がブルブルと震えた。

「ちっこくて可愛いのに、胸でかいなー。挟んでもらいてえ」

「……」

酔っ払いの質《たち》が悪いのはどこの世界も同じだ。鳥肌が立っているのが見なくても分かる。

――最悪。気持ち悪い。

こういう手合いにはこれまでにも何度も出会ってきたので、対処法は分かっている。無視をすれば怒るし、付き合うという選択肢は当然ない。

つまりは実力行使しかないのだ。

あまり騒ぎにはしたくないけれど、私も我慢の限界。

男を睨みつけ、私は口を開いた。

「私に触らないでもらえますか――あ」

勢いに任せて肩に乗せられた手を振り払おうとしたが、その前に男の手は立ち上がったウェルベックによってはたき落とされていた。

文句も途中で途切れてしまう。ぽかんと夫を見る。夫はものすごく怒っていた。

「彼女は私の妻だと言いましたよね？　聞こえませんでしたか？」

目が据わっている。ウェルベックが男の耳を思いきり抓《つね》った。痛みで男が悲鳴を上げる。

「いてえ！　てめえ、何をしやがる！」

「どうやら飾り物の耳をお持ちのようでしたので。飾り物なら取ってしまっても問題はないだろうと思っただけですよ」

——完全にキレているわ、これ。

声は笑っているが、目は全く笑っていないのが凄まじく怖かった。

だけどそれも仕方のないことなのかもしれない。竜人にとって、己のつがいに手を出されるというのは特大の地雷なのだから。

いつもは彼がこうなる前に対処しているのだが、今回、私が肩を摑まれたことで、ウェルベックの方が先にキレてしまったらしい。

「な、なんだ……」

「いえ、小さいなと思いまして」

嘲笑《あざわら》うようにウェルベックが言う。

彼は身長が百九十センチ以上あって、大抵の男性はウェルベックを見上げることになるのだ。細身に見えるがひょろひょろしているわけではない。意外と威圧感があるのだ。

「てめえ……馬鹿にしやがって」

男も決して身長が低いわけではないのだが、ウェルベックと比べるとやはり小さい。

馬鹿にされたと思ったのか、男が顔を真っ赤にする。だが、その足は少し退《ひ》けていた。

「おやおや。優男に怯えているのですか？　自分よりも大きいというだけで？　それはおかしいですね」

「くそっ！」

ウェルベックに煽られた男が彼に突っかかろうとしたが、それは叶わなかった。腕を取られ、そのまま彼に投げられてしまったからだ。

あまりにも簡単に男が宙を飛ぶ。ウェルベックは力を入れたようには見えなかった。実際、入れていないのだろう。竜人が本気になれば、潰してしまいかねない。

「ぐっ……」

思いきり机の上に背中をぶつけ、男が呻き声を上げる。打ち所が悪かったのか、そのまま気絶してしまった。

「……」

私たちのことを一緒に馬鹿にしていた他の客たちが、一斉に口を閉ざす。

店内は、もはや笑い声どころか、物音ひとつ聞こえない有様だ。皆、頬を引き攣らせ、ウェルベックを見ていた。

優男だと思っていた男が、体格の良い男をあっさりと投げ飛ばしたのが信じられなかったのだろう。

「私の目の前で妻を侮辱してこれで済んだのですから、感謝して欲しいくらいですね」

ウェルベックが凍えるような声で吐き捨てる。そうして、一緒になって囃《はや》し立てていた男たちを睥睨《へいげい》した。

「さて、あなたたちもずいぶん色々と言ってくれたようですが。まさかあれだけ好き放題言っておいて、何事もなく帰れるとは思っていませんよね？」

すうっと目を細めるウェルベック。男たちは彼の醸し出す怒りのオーラに、恐怖で声も出ない有様だった。全員が彼ひとりの覇気に呑まれている。

静まりかえった店内。誰もが何も言えない中、ひとりの男性が「あ」と声を上げた。

ウェルベックを指さし、引き攣った声で言う。

「そ、そうだ。あ、あんた……夕方、ギルドにいた……確かSランクだっていう冒険者……！」

「おや、あそこにいた方ですか」

「ひぃ！」

視線を向けられた男が慌てて指を下ろす。恐怖のためかガタガタと震えていた。

周囲の男たちはウェルベックがランクSの冒険者だったと聞き、「じょ、冗談だろう？」と震える男に詰め寄った。

「ディ、ディース！　何言ってるんだ。あ、あんな女みたいな顔の男がSランクの冒険者なわけあ

るか！」

「でも、お前だって見ただろう。カリムの野郎が簡単に投げられたとこ！　それに聞いたことないか？　ここ数年で一気にSランクまで上り詰めた凄腕《すごうで》の魔獣ハンターがいるって話。今日もSランク任務の換金に来ていた。俺、見たんだよ！」

「は？　ここ数年で一気にって……それ、星の狩人のことだろう？」

「星の狩人？」

なんだそれ。

初めて聞いた呼称に首を傾げる。ウェルベックを見ると、彼も分からないという顔をしていた。

ディースと呼ばれた男が泣きそうな声で叫ぶ。

「それだよ！　銀の長髪が流れ星のようにたなびいて見えるって。女みたいに顔が整った男って話。忘れたのか！」

「……え？」

男がウェルベックを凝視する。いつの間にか、店内にいる全員がウェルベックを見つめていた。

「銀の長髪……女みたいな顔のSランク冒険者……え？」

「女みたいな、は余計ですね。Sランクなのは事実ですが」

誤魔化す意味はないと判断したのだろう。ウェルベックはさらりと自らの冒険者ランクを答えた。

次の瞬間、店内に阿鼻叫喚《あびきょうかん》の声が響く。

「うわあああああ‼」

「Sランクの冒険者に喧嘩《けんか》売っちまった！　冗談だったんだ、許してくれ‼」

「あ、あんたの奥さんがあんまりにも可愛かったから羨ましかっただけなんだ。悪かった！　反省している！　二度と絡んだりしない‼」

地獄絵図である。

酒場にいる客全員がその場で土下座を始めた。

自分たちが揶揄っていた相手がどんな人物だったのか理解した故の行動なのだろう。

ウェルベックは溜息を吐き、鬱陶しげに彼らを見た。

「……二度と、私の妻に近づかないで下さいね。不快、ですから。次、不用意に近づけば、命はありません」

「申し訳ございませんでした‼」

全員の声が見事に揃う。

酔いも吹っ飛んだと言わんばかりの声に、苦笑してしまった。

先ほど男に触れられ、嫌な気分になったこともすっかりどうでもよくなっている。

笑っていると、それまで黙ったままだった店主が、パンパンと手を打った。

「はい、じゃあそこまで！　あんたたちは、店を片付けておくれ！　あんたたちがお嬢ちゃんにちょっかいを出して、この兄さんを怒らせたのがそもそもの原因だからね。片付けと弁償はあんたたちがしなよ！」

「そ、そんな……」

ギョッとした顔をする男たち。

だが、さすがに今の流れのあとでは文句を言えなかったようで、渋々といった態度ではあったが、片付けを始めた。

それを確認し、店主が「よし」と頷く。

騒がせた当事者でもある。私も片付けをしようと立ち上がったが、店主に止められてしまった。

「あんたは被害者だろ。手伝うんじゃない。あいつらに全部やらせな。でもそうだね。気になるというのなら、最後まで見ていてくれ。口説こうとした女に自分たちの格好悪いところを見られるほど情けないことはないからね」

「は、はあ……」

「女と見ればすぐに馬鹿みたいに口説くから痛い目に遭うんだ。いつも迷惑してたんだよ。止めても聞かなくてさ。今回のことはあいつらにもいい薬になっただろ」

両腕を組み、鼻息荒く男たちに指示を飛ばす店主を呆気に取られて見つめる。

ウェルベックはまだ怒りが鎮まらないのか、ずいぶんと機嫌が悪そうだった。

「全く……私のソラリスに触れるなど、万死に値します」

イライラした様子でそう言い、カウンターに腰掛ける。店主にいて欲しいと言われたこともあり、私も彼の横に座り直した。

店主が綺麗なルビー色のドリンクを二杯、出してくる。

「これは、迷惑を掛けたお詫びだよ。サービスするから飲んでくれ」

「あ、ありがとうございます。でも……」

騒ぎを起こした挙げ句、飲み物までもらうのはさすがに気が引けたのだが、店主は笑いながら言い切った。

「ちゃんと、あいつらに代金をつけるから、本当に気にしなくていいよ！」

「はあ……」

ずいぶんと気《き》っ風《ぷ》の良い店主だ。図太いというか、転んでもただでは起きないというか。

でもそういう人だから、宿屋兼酒屋、みたいな場所を経営できるのかもしれない。

ルビー色のドリンクは、柑橘《かんきつ》系のジュースだった。

さっぱりしていてとても飲みやすい。せっかくなのでと美味しくいただいていると、男たちに指示を飛ばしていた店主がウェルベックを見ながら言った。

「まさかあんたが、あの有名な星の狩人だったとはねえ」

「……凄まじいネーミングセンスですね。誰がつけたのかは知りませんが、止めていただけると有り難いです」

ウェルベックが心底嫌そうに言う。そんな彼に店主は朗らかな笑顔を向けた。

「あんたなら、来週行われる武術大会で優勝できるんじゃないか？」

「武術大会。そういえば、王都の検問をしていた兵士もそんなものがあると言っていましたね。出る気はありませんが」

ウェルベックが大会に。それはもはや反則である。

私も隣でうんうんと頷いていたが、店主は諦めきれないようで更に言った。

「残念だねえ。でもさ、今回、優勝者への褒美がすごいんだよ。オニキス姫様の専属護衛になれるんだ。考え直してみないかい？」

「護衛、ですか？　それがなんの褒美になるんです？」

ウェルベックは首を傾げたが、私も彼と同意見だった。

武術大会に優勝した褒美が、姫の専属護衛。それがどうして褒美になるのかさっぱり分からない。

本気で理解できなかったのだが、私たちの反応を見た店主の方が何故か呆《あき》れ顔をした。

「何言ってるんだい。王族の方々の側近くで働けることほど名誉な話はないだろう」

「……そうなんですか？」

「当たり前だよ。数百年続く大国を維持してきた尊い方々の近くに行けるんだ。特に今回はその血に繋がる方を直接お守りできる。これ以上素晴らしいことはないって、皆言っているさ。今回の武術大会はかつてないほど盛り上がるだろうともね」

興奮気味に言う店主を、驚きながらも見つめる。

どうやら彼女は本気で言っているようだと知り吃驚するも、それだけディミトリの王族が国民に愛され、慕われているのだろうと納得した。

「そうなんですね。でも、それならなおのこと私は出ない方がいいと思います。王女様の護衛は、やはり忠誠心の強い方がなるべきですから」

言いはしないが、私たちは竜園国に属しているし、なんならウェルベックは国の宰相である。

そんな彼がさすがに他国の王女の護衛というのは……気持ち的にも憚られたし、私としてもして欲しくない。

だって、彼が守るべきなのは他国の王女ではなく、妻である私だと思うのだ。

心が狭いというのなら言えばいい。私は私の夫を譲る気はない。

ムスッとし始めた私に気づいたのだろう。ウェルベックが口元を緩める。

こちらはずいぶんと上機嫌のようだ。

「残念ですが、特定の国に仕える気はないんですよ。冒険者という職を選んでいるのはそういう理由もあります」

「そうかい？　強い護衛ができた方が王様も喜ぶと思ったんだけど。最近属国の奴らが王族を狙っているという話をよく耳にするからね。わざわざ武術大会で護衛を決めるのも、できるだけ強い者を姫様につけたいっていう王様の親心なんじゃないかって皆、噂しているんだ」

「へえ……」

「王様は、姫様を溺愛なさっているから。なんでも王妃様に生き写しだそうで、すごく綺麗な方って噂だよ」

「そうなんですか」

「その様子だと、興味はないようだね」

適当な返事をするウェルベックに、店主が苦笑する。彼は当然のように頷いた。

「ええ。私にとって妻より美しい存在などおりませんから。興味など抱きようがありませんね」

「……」

告げられた言葉が嬉しくてたまらない。

顔を赤くして俯いてしまった。そんな私の肩をウェルベックが抱き寄せる。

「ソラリス、どうして俯いてしまうんですか？　私を見て下さい」

「……ウェルベックが恥ずかしいことを言うからじゃない」

「おや？　私は何かおかしなことを言いましたか？　当然のことしか口にしていないと思いますけど」

「……そういうとこ」

顔を上げ、彼を睨《ね》めつける。

私が恥ずかしがりつつも喜んでいるのが分かっているからだろう。ウェルベックの視線は優しいものだった。

「私にとって、誰よりも美しく愛おしいのはあなたですよ、ソラリス。他なんて要りません」

「……私も同じ」

「ええ。そうでないと困ります」

断言してくれたのが嬉しくて、ウェルベックの服をキュッと摑む。

私たちのやり取りを見ていた店主が呆れたように言った。

「おやおや、あんたたち、新婚かい？　ずいぶんと見せつけてくれちゃって。でもまあ、確かにそれだけべったりじゃあ、姫様につきっきりの護衛任務など無理かもねえ」

「ええ、無理なんです」

キッパリと告げるウェルベック。私もコクリと頷いた。

店主もそれで諦めがついたのか、「そうかい、それじゃあ仕方ないね」と言いながら話を変える。

「それなら少し先にはなるが、建国祭があるからそれを見ていくといいよ。王族の方々を近くで見られる機会だしね。特別な市も立つし、ふたりで出掛けるのも楽しいと思うよ」

「建国祭、ですか」

「建国祭自体は、毎年行われるものなんだけどね。今年は建国三百五十年という節目の年って話で、いつもよりも盛大になる。王都中がお祝いムードで、観光客もたくさん訪れるんだ」

「へえ」

竜園国でも建国祭や、王族の誕生日にお祝いをするから、その考え方は分かる。

しかし、人間界の建国祭か……。

どんなものなのか興味がないと言えば嘘になる。

私が興味を示したのが分かったのか、ウェルベックが苦笑する。

「妻が行きたそうにしていますから、それには参加してみます。他にどんな催しがあるんですか？」

「そうだね。まず、王族の方々が祖先に感謝の祈りを捧げる儀式がある。その時の衣装は必見だよ。皆、正装に身を包んでいらっしゃるからね。見応えがあるし、ああ、そうそう、姫様が身につけている国宝の指輪なんて遠目からでも分かるくらいにすごいよ。黄色い宝石が使われているんだけどね。ものすごく大きい石で透明感があって美しいんだ」

「……黄色の宝石が嵌《は》められた指輪、ですか？」

ウェルベックが眉を上げる。私も反応していた。

店主が不思議そうな顔をし、それから思い当たったという表情に変わる。

「ああ、そういえば聞いたことがあるよ。星の狩人は夜空に輝く黄金の星々を狙っているんだって。なんだ。姫様の指輪に興味があるのかい？　でも、さすがに直接見ることはできないと思うよ。国宝だから手に入れることも不可能さ」

「分かっていますよ。人のものに手を出そうとは思っていません。私たちが黄色い宝石ばかりを探すのには理由がありますし」

「それならいいんだけどね」

ウェルベックの言葉を聞いた店主が、ホッとしたように頷いた。

「その宝石、本当に貴重なものらしいんだ。三百年ほど前に空から落ちてきたって話でね。当時の国王様が手に入れなさったんだけど、創世神の祝福の証《あかし》だってずっと大切にされてる。姫様が指輪を持っていらっしゃるのは、姫様の夫になる者が国を継ぐから。代々国を受け継ぐ者に指輪は譲渡されているらしい」

「そうなんですね。貴重なお話をわざわざありがとうございました」

「ん？　いや、これくらいならいつでも聞いておくれ」

ウェルベックがお礼を言うと、店主はにっこりと笑った。

片付けも終わったようなので、椅子から立ち上がる。

ウェルベックに視線を向ければ、彼もカウンターから立ち上がった。

「私たちは部屋に戻りますね」

「ああ、ゆっくり休んでおくれ。あと、宿泊の延長はいつでも受け付けているから、気軽に言っておくれよ」

店主に再度礼を言い、二階に用意された自分たちの部屋に戻る。

部屋に入るや否や、ウェルベックが特殊な結界を張った。

防音の結界だ。誰にも話を聞かれたくない時に使う魔法である。

私も扉に鍵を掛け、ついでに魔法で更に開かないようにした。そうして念入りに邪魔が入らないようにしてから口を開く。

「ウェルベック」

「ええ、三百年ほど前に空から落ちてきた黄色い宝石。今は指輪に加工されているそうですが……宝珠の可能性はありますね」

「そうよね。なんとかして真贋を確かめなくちゃ……」

父曰《いわ》く、本物の宝珠なら私にはそれが感じ取れるらしい。

だけど今まで一度もそんな感覚があったためしはない。実際、どの程度近づけば気づけるものなのかも分からないから、遠目からではなくできれば手に取って、直接本物かどうか確かめたかった。

「でも、国宝なんでしょう？　触らせて下さいって言っても、断られるに決まっているわよね」

「しかも私たちは、国の関係者でもなんでもありません。行ったところで門前払いは目に見えています」

「ええ……」

私も王族だからその辺りは分かる。自国人でもない人が突然訪ねてきて、国宝を見せてくれ、できれば触らせて欲しいと言われて、「はい、どうぞ」と差し出すか？

答えは否だ。

国宝なんてものは、よほど信頼できる者にしか見せないし、触らせるなんて相当な理由がないとできない。大体、王族であってもいつでも取り出せるというわけではないのだ。それが国宝と呼ばれるレベルのもの。

「……」

とはいえ、諦めるというのは問題外だ。

私たちの目的は宝珠を探すことなのだから。黄色の宝石。しかも可能性が高いとくれば、なんとしても真贋を確かめるのが最優先。

「……気は進みませんが、武術大会に出ましょうか」

「ウェルベック？」

ポツリと呟かれた言葉に反応し、顔を上げる。ウェルベックは難しい顔をしていた。

「来週開かれるという武術大会。そこで私が優勝します。そうすれば王女の専属護衛になれるんですよね？　建国祭で、宝石を身につける姫の近くに行くことができます」

「それはそうかもしれないけど、ウェルベックじゃ、宝石が本物かどうか分からないじゃない。それはどうするの？」

　私が確認しなければ駄目なのだ。ウェルベックは荷物を漁《あさ》ると、この五年で集めてきた黄色い宝石たちを取り出した。

「これを使います。どこかのタイミングで、王女の宝石とすり替えて、あなたに渡します。もし本物ならそのまま回収。偽物なら気づかれないよう元に戻します。触ればあなたにはすぐに分かるでしょう？　時間はかからない。危険性は低いかと」

「……気づかれたら？」

　危険性は低いというが、そんな風には思えなかった。できればもっと安全な策を選びたいところだ。だが、ウェルベックは首を横に振った。

「ある程度のリスクは仕方ないかと。ソラリス。もし、の話は止めましょう。今できることをやらなければなりません」

「……分かったわ」

　ウェルベックの言うことは尤もで、私は頷くしかなかった。

◇◇◇

　今後の予定を決めた私たちは、次の日さっそく酒場で洗い物をしていた店主に声を掛けた。

「すみません。夫と話し合って、やっぱり武術大会に出てみようって話になったんですけど、申し込みはどこで行っているんですか？」

　私の言葉を聞いた店主の目が輝く。

「そうかい！　出場してくれるんだね！」

「たまには、そういうのもいいかなと思いまして。私も夫の勇姿を見たいなと」

　微笑みながら告げる。店主はうんうんと何度も頷いた。

「そうだろうとも、そうだろうともさ。あ、受付だけどギルドに行くといいよ。あんたたちは冒険者だろう？　武術大会に出たいと言えば、手配してくれるはずさ」

「ありがとうございます」

　お礼を告げると、店主はニコニコとしながら手を振った。

「いや、こっちこそ楽しみができたからね。あんたの旦那が無双するところを会場から見せてもらうよ」

「私も楽しみです。あ、すいません。そういうことですので、しばらく滞在したいんですけど。まずは二週間ほど延長ということで構わないですか？　料金は先にお支払いしますので」

　宿を確保しておかなければ始まらない。

　そう思い、延長をお願いすると快く頷いてくれた。

「構わないよ。滞在が短くなるようなら、支払ってもらった分は返すからね」

「ありがとうございます」

　良心的な宿のようで助かった。

お礼を言い、ふたり揃ってギルドへ向かう。

ギルドの中に入ると、室内がざわついた。皆、ウェルベックを見ている。昨日一日で、彼のことが広まったのだろう。

「すいません。武術大会の参加申し込みをしたいんですけど」

受付の女性に声を掛けると、彼女は頷き、すぐに準備をしてくれた。

「二枚でよろしいですか？」

「いえ、一枚で。私は出ませんので」

「そうですか。分かりました」

ウェルベック以外に負ける気はしないが、『戦う』というのはあまりしたくないし、そもそもウェルベックが許さなかった。

つがいを戦わせるなんてそんな真似、できるわけがない！　と言って。

竜人は己のつがいを大切に囲い込む生き物だから、そう言われるだろうなとは思っていたので納得だ。

もらった申込用紙を、ウェルベックに渡す。

彼はサラサラと申込用紙に記入し、受付に渡した。

「お願いします」

「はい。あ、武器は何を使用されますか？」

武術大会なので、今回、魔法は禁止されている。とはいえ、武器に魔力を込めたりするのは構わないらしい。技という扱いになるからだ。

ウェルベックは少し悩んだあと、腰に佩いたレイピアを指さした。

「これでいきます」

「かしこまりました」

登録を全て済ませ、物言いたげな皆の視線を無視し、外に出る。私は彼の剣に目を向けた。

「ウェルベックが武器を使うところなんて、初めて見るかも」

基本、竜人は素手か魔法攻撃で戦う。

武器を持つ者も中にはいるが、圧倒的に少ないのである。

ウェルベックもそれは同じで、私は彼の魔法攻撃、あとは物理攻撃しか見たことがなかった。

「その剣、飾りなのかと思っていたわ」

正直に告げると、ウェルベックは苦笑した。

「否定はしません。得意というわけではありませんから。ですが、一通りは使えますよ。二百年ほど前に手ほどきは受けました」

「……大丈夫なの、それ」

明らかに大丈夫ではない感じだ。ウェルベックを疑うわけではないが心配になってしまう。

だが、ウェルベックは余裕綽々《しゃくしゃく》に微笑んでみせた。

「人間相手におくれはとりませんよ。当日は、あなたの心配が杞憂《きゆう》だったということを見せてあげます」

「っ……！」

向けられた顔を見て、心臓が飛び出るかと思った。だってすごく私の夫が格好良かったから。

瞳が挑戦的に煌めき、口元は緩く笑みを象っている。

どこからでも来いと言わんばかりの雰囲気がたまらなかった。

鋭さと甘さが同居するような魅力的な表情に、私の全部が一瞬で持っていかれたと思った。

「……楽しみにしてる」

すっかり夫に惚れ直してしまった私は、そう答えることしかできなかった。

◇◇◇

――武術大会当日。

私はウェルベックと一緒に、王都にある闘技場へと向かっていた。

闘技場は城のすぐ近くにあり、五千人の観客が収容できる。円形ですり鉢状になっており、上からでも戦っている選手たちの様子がよく見える形だ。

私は出場選手の身内ということで、特別チケットを持っていた。一階にある関係者席だ。

「では、私はこちらですから」

ウェルベックが向かうのは、選手用の入り口だ。私とは入る場所が違う。頷き、声援を送った。

「頑張ってね」

負けるとは思っていないが、やはり心配だ。

その思いが顔に出ていたのか、ウェルベックが困ったように私を見る。

「ソラリス、私は大丈夫ですからそんな顔をしないで下さい」

「そんな顔って……」

「心配でたまらないという顔です。私はそんなに信用ありませんか？」

「違うわ！」

慌てて否定した。ウェルベックを疑うなんて、そんなことあるわけがない。

「ウェルベックのことは信頼しているし、大丈夫だと思ってる。でも、それとこれとは別なの。愛する人を心配して何が悪いの？　もし怪我《けが》でもしたらって考えると、それだけで胸が苦しくなるわ」

「ソラリス……」

ウェルベックが私の頰に手を当てる。彼は腰を屈め、私の額に口づけた。

「怪我なんてしませんよ」

「本当？」

「ええ。つがいを心配させるような真似はしません。あなたがそう言うのなら、無傷で優勝して差し上げます」

「……ふふ、もう、ウェルベックってば」

私を思い遣《や》ってくれる言葉が嬉しくて、口元が綻ぶ。甘い雰囲気に浸っていると、イライラした声が聞こえてきた。

「言ってくれるな。無傷で優勝とは。もう優勝した気分かよ、調子に乗りやがって」

「っ！」

慌ててウェルベックから離れ、声が聞こえた方に振り向く。

灰色の立派な毛並み。尖《とが》った牙。ウェルベックよりも高い身長。そして何よりフサフサの長い尻尾と獣耳。

そこには狼《おおかみ》の獣人がいて、鋭い目で私たちを睨みつけていた。

「あ……」

彼は腰布に簡易の鎖帷子をつけただけの姿だった。片目が潰れているが、最近怪我したわけではなさそうだ。傷痕が斜め方向に走っている。

逞《たくま》しい体つきで、鍛えられていることがよく分かる。

冒険者として五年やっていれば獣人を見る機会も多いのだが、今まで見た中で一番貫禄《かんろく》があった。

「優勝するのはこのグレイ様だ。お前なんかじゃない。優勝して、獣人がどれだけ偉大な存在なのかを見せつけてやるんだ」

ギラギラとした目は怒りに燃えていた。彼は手に大きな長い棍棒《こんぼう》を持っていたが、それをどんと地面に叩きつける。

衝撃で砂埃《すなぼこり》が舞う。地面が揺れた。

驚いていると、彼はフンと鼻を鳴らし、出場者用の入り口の中に入っていった。

「……獣人の出場者もいるのね」

彼の姿が見えなくなってから呟く。

優勝者は王女の護衛として採用される。その護衛が獣人でもいいのだろうかと思ったのだ。

何せ獣人はその外見から差別されやすいし、実際差別されているところを私たちも何度も見てきた。

華々しい王女の護衛として国王が許すのか気になったのだ。

「その辺りは問題ないようですよ。国王は実力主義だそうで、この国に獣人差別はありません」

「そうなんだ……！　それはすごいわね」

差別がある国がほとんどだったから、本当に素晴らしいことだと思う。

やはり歴史のある強国は違うということか。

「……あの男、グレイは、有名な傭兵《ようへい》だよ。一国に留《とど》まらず、各国を渡り歩いてきたが、ようやく腰を落ち着ける気になったようだね」

「へ？」

また別の声が聞こえてきた。

話し掛けてきたのは、銀の鎧に身を包んだ、騎士のような男だった。

「ええと……あなたは？」

「失礼。私もあなたたちと同じ冒険者だよ。Sランク、ビリー・ウェイン。王女の護衛に興味はないが、最近有名な『星の狩人』と戦いたくてね。こうして参戦してみたってわけさ」

「……はあ」

滅多に見ないSランク冒険者と聞き、彼を改めて観察する。

確かに人間としては破格に強そうだ。鍛え抜かれた体躯《たいく》に無駄はなく、強者の雰囲気が漂っている。先ほどのグレイもそうだったが、この武術大会にはなかなか強い人材が集まっているようだ。

ビリーと名乗った男はウェルベックの前に立ち、手を差し出してくる。その表情は嬉々《きき》としていて、彼がウェルベックと戦うのをとても楽しみにしているのが伝わってきた。

なるほど、バトルジャンキーかと納得する。

ビリーは、戦うことに意味を見出《みいだ》すタイプなのだろう。

ウェルベックは微妙な顔をしつつもその手を握った。ニコッと笑うビリー。

白い歯がとても眩《まぶ》しかった。

「楽しい戦いにしようじゃないか！　正々堂々とね！」

「……そう、ですね。よろしくお願いします」

手を放し、男は「ではお先に」と言いながら、出場者用の入り口に消えていった。

それをぽかんと見送る。

「……なかなか個性的な面子《メンツ》が集まっているみたいね」

呟くと、嫌そうな溜息が返ってきた。

「勝っても負けてもうるさそうで、正直勘弁して欲しいです」

「本当よね」

今会ったふたりとも、自分に自信のある非常にプライドが高いタイプのように思えた。

私も地上に降りて初めて知ったのだが、実はウェルベックは実力のある男に好かれやすい傾向がある。

今までにも何度かそういう男たちに遭遇した。最速でSランクになったウェルベックを妬んでいるのだろう。ギルドで絡まれることが多いのだ。

難癖をつけて、戦いに持ち込む。自分が上だということをぽっと出の新人に示したいのだろう。もちろんウェルベックがそれを許すはずがないので、笑顔で叩きのめすのだが……逆に皆、彼の圧倒的な強さに惚れ、粘着質なファンになってしまうのだ。

私たちは定住していないので早々見つかることはないが、それでもどこから情報を得ているのか、たまに遭遇してしまう。なかなか面倒な人たちだ。

ウェルベックのことを『兄貴』と勝手に呼び出す者もいて、彼はかなりうんざりしている。

ちなみにその人数は、余裕で十人を超えるが、皆、Aランク以上の冒険者だったりするから、世も末だと思う。

憧れの君という目でウェルベックを見る彼らは、ものすごく気持ち悪い。

ただ、全員が男性なので、まだマシと言えるだろうか。夫が男に粘着されているのを見なければならないのはなかなかに苦痛だが、嫉妬する気持ちにならないだけいいのかもしれないと思うことにしている。

だって一番の被害者は間違いなくウェルベックなわけだし。

いくら追い払っても目を輝かせてやってくる彼らに、ウェルベックはうんざりしているが、また今回新たなフラグが立った気がする。

「……大変ね。変なストーカーにならなければいいけど」

「止めて下さい。優勝したくなくなりますから」

心から同情してウェルベックに言うと、彼は心底嫌そうな顔をして、重い足取りで出場者入り口へと向かっていった。

◇◇◇

武術大会は予選を経て、本戦へ進むという形になっている。

ウェルベックと別れた私は、もらったチケットを使い、関係者席へと向かった。

場所は一階の、ほぼ最前列。

フェンスこそあるが、その高さも一メートルほどで、選手と話すことも十分可能である。

この国の武術大会はエンターテインメント性が非常に高い。

家族と喜び合う選手の姿を観客に見せたいのだろう。選手と近いのは家族も嬉しいだろうから、悪いことだとは思わなかった。

私も近くでウェルベックの勇姿が見られるのは嬉しい。

関係者席は思っていたよりも空いている。出場者はかなりの人数のようなのに不思議なことだ。

どこに座ってもいいらしいので、適当に腰掛ける。

「あ……」

三階席くらいの場所、闘技場が見渡せる一番眺めのいい席に壮年の男性と、妙齢の女性。そしてその女性にそっくりな二十歳前後くらいの娘が座っていた。

男性はたっぷりとした髭《ひげ》を蓄えている。派手な毛皮のガウンを着て、黄金の椅子に腰掛けていた。女性は身体の線が分かる艶《なま》めかしいドレスにたくさんの宝石を身につけている。腰に鎖のようなアクセサリーをつけ、ネックレスにブレスレット。指には三つ、指輪が嵌まっている。赤い口紅がとても似合う、傾国とも呼べそうな美貌だった。

二十歳前後に見える女性は……おそらく娘だろう。よく似た容貌は美しかったが、まだまだ発展途上といったところか。咲く前の堅いつぼみを思い起こさせる。ドレスは肌見せするようなものではなく、その年頃らしい、優しい色合いで彼女によく似合っていた。

噂に聞いた国宝の指輪はしていなかった。アクセサリーらしきものは何も身につけていない。護衛と思われる兵士たちが何人もいて周囲に厳しい目を向けている。

――あれがディミトリ王国の国王一家、か。

娘の護衛を決める大会だ。どういう人物が出場しているのか、直接確かめるために来たのだろう。王女の持つ宝石が宝珠であるかどうか見極めるためには、まずはあの場所に近づけるようにならなければならない。

負けるとは思っていないが、なんとしてもウェルベックには優勝してもらわなければ。

闘技場に目を向ける。

すでに予選は始まっていたが、ウェルベックや彼に突っかかってきたふたりの姿は見えなかった。いつになったら出てくるのだろう。

私の期待を余所に結局ウェルベックが姿を見せることはなく、予選は終わってしまった。

「え……ウェルベックは？」

どうして夫が出てこないのか。

不思議に思っていると、少し離れた場所に座っていた選手の家族が話しているのが聞こえてきた。なんとなく耳を澄ませる。竜人は耳も良いので、多少距離が離れていても何を言っているのかちゃんと聞こえる。

女性と男性の組み合わせだ。年が近い。夫婦だろうか。

彼らは、予選に出ていない選手たちのことについて話していた。

「今回、予選を免除されている選手が三人もいるらしいわね」

「三人？　それは多い。相当有名な選手じゃないと予選免除はされないのに」

「有名な獣人の傭兵と、今回Sランク冒険者がふたり参加しているって話よ」

「Sランクがふたり？　すごいな。もう優勝者はそのどちらかに決まったようなものじゃないか。……うちの息子、もしかしたらと思っていたが、Sランク冒険者がふたりもいるなら、今回は難しいだろうな」

「そうね、残念だわ。でも、姫様に最強の護衛をつけたいっておっしゃられていたから、陛下はお喜びになるのではないかしら」

妻らしき人物が国王たちの方に目を向ける。男も彼女に同意した。

「そうだな。国のためにはその方がいいのかもしれない。俺たちとしては残念なところだけど」

「どちらにせよ、高レベルな戦いが期待できそうだから、観客としては楽しめそうよね」

「ああ。……あいつが帰ってきたら、できるだけ褒めてやろう」

「あら。まだ負けると決まったわけではないわ。あの子だって鍛えているんだもの。もしかしたらいい線行くかもしれないじゃない」

「そうだな」

彼らの、己の息子に対する信頼が感じられ、なんだか心が温かくなった。

こういうのはいいなと、素直に思う。

だけど、そうか。ウェルベックは予選を免除されていたのか。

彼らが言っていたSランクの冒険者ふたりと獣人とは、間違いなくウェルベックと彼に話し掛けてきた、ビリーとグレイのことだろう。

「良かった……」

そういう理由なら、ウェルベックが出てこなかったことも頷ける。

理由が分かった私は、ホッとしつつウェルベックが本戦で現れるのを今か今かと待つことにした。

◇◆◇

「……」

視線が鬱陶しい。

ソラリスと別れ、選手用の入り口を潜り抜けた先には受付らしき場所があった。

名前を告げる。受付の女性は私に笑顔を向けてきた。

「ウェルベック様は、予選免除となっておられます。それまでご自由にお過ごし下さい」

「予選免除ですか？」

「はい」

女性は頷いたが、そんな話は聞いていなかった。どういうことかと思っていると、私より先に受付を済ませていたビリーがやってきた。

「私たちはSランク冒険者だから当然かな。基本的に武術大会ではAランク以上の冒険者は予選を免除されることが決まっているんだ。こういう大会は初めてかい？」

「ええ。あまり興味がないものでして。そうですか。免除という制度があるんですね」

それは知らなかった。

しかし予選が免除となると、本戦までかなり暇だ。

それまでどうしていようかと悩んでいると、ビリーが言った。

「グレイも予選免除のようだよ。優勝争いは私たち三人で決まりかな？」

キラッという音がしそうな笑みを浮かべるビリーに、頬が引き攣った。

何故、いちいち歯を見せて笑うのか。

なんというか合わない。

一緒にいたくなくて、適当な理由をつけて離れようとしたが、それは上手くいかなかった。

その獣人の彼までこちらにやってきたからだ。

「ちっ、冒険者同士で集まりやがって感じ悪いな」

「別にそんなつもりはないよ。ただ、私が彼に興味があって話し掛けていただけさ。君もそうだろう？　グレイ」

「……ふん」

面白くなさそうな顔をする獣人――グレイだったが、否定はしなかった。

「こいつは強い。戦ってみたいだけだ」

「分かるよ。私もそうなんだ！　是非、決勝で当たりたいね」

「は？　ふざけるなよ。戦うのは俺だ」

「いや、私だとも」

勝手に火花を散らし始めた。

――面倒くさい。

溜息が出そうだ。

頼むから放っておいてくれ。興味なんて抱いてくれなくていい。

人間界に来てからというもの、妙に男たちにつき纏われて辟易《へきえき》しているのだ。

ソラリスの方に興味がいっていないのは不幸中の幸いだが、むさ苦しい男たちに『兄貴』と呼ばれて、行く先々で姿を見せられるのは鬱陶しさの極みだ。

痕跡を残さないように旅をしているのに、何故彼らは私の行く場所が分かるのだろう。

ソラリスとふたり辿り着いた町で、「兄貴、待ってましたぜ！」と声を掛けられた時は、ちょっと本気でその男を消してやろうかと思った。

その男もかなり有名な冒険者で、皆の視線をずいぶんと集めていた。そのため殺すのは諦めたが、ああいうのは二度とごめんだ。

つがいとふたり、楽しく旅をしているのだ。邪魔をして欲しくはない。

その男についてては念入りに指導し、これ以上ついてこないようによく言い含めたが、他にも何人か同じような男がいるので、今後も似たようなことは起こるだろう。今までに五度ほど前例がある。身構えておく方が心の平穏のためにはいい。

「……」

「どうかしたのかい？」

億劫な気持ちで今までのことを思い返していると、ビリーが不思議そうな顔で聞いてきた。

それに笑顔で返す。

「いいえ、なんでもありません。申し訳ありませんが、私は試合前にはひとりになって気持ちを高めたいタイプなんです。今から集中しますから、話し掛けないでいただけますか？」

「それは失礼したね！　うんうん。各自、やり方はある。邪魔をしないように気をつけよう」

気持ちを高めるなんて嘘八百もいいところだ。

だが、こうでも言わなければビリーは離れなかっただろう。獣人の男も、疑わしげな顔をしてはいたが、邪魔をする気はないのか無言で去っていった。助かる。

「……」

誰もいない場所に行き、近くにあった椅子に適当に腰掛ける。

試合が始まる前から疲れていた。ぼそっと呟く。

「これで宝珠ではなかったら、まさに骨折り損のくたびれもうけというやつですね」

優勝して、王女の護衛となり、祭典の日に指輪を偽物とすり替える。

ここまでして偽物だったら……。

考えると億劫になり、もっと簡単な手段を取りたくなるが、気持ちを堪える。いつまでかかるか分からない任務なのだ。問題を起こすことなく、気づかれないまま全てをそっと終えてしまいたい。せっかく冒険者として名前が売れ、色々とやりやすくなってきたのだ。次が調べにくくなってはこの五年やってきたことが無駄になってしまう。

「まあ、いいでしょう。予定通り、事を進めるだけです」

私の大切なつがいであるソラリスが応援してくれているのだ。

彼女に宣言した通り、無傷で優勝を勝ち取ろうと決意していた。

これは目標ではない。義務だ。必ず叶えなければならない義務。

「ソラリスに格好悪いところを見せるわけにはいきませんからね」

それに竜人が人間や獣人に負けるなど許されるはずがない。一万年前、竜人は地上の覇者だった。

だからこそヒトに嫌われ、妬まれ、それを疎《うと》んだ竜人たちは空へ安寧の場所を求めたのだから。

見当違いな嫉妬ほど鬱陶しいものはない。

地上を離れて一万年。同族だけで暮らす世界は平和だ。それに比べ、地上は相変わらず血腥《なまぐさ》い。

争いを繰り返し、同族同士殺し合いを繰り返している。

「早く、竜園国に帰りたいですね……」

人間界でソラリスとふたりだけで過ごす日々も悪くはないが、できれば今すぐにでも元の暮らしに戻りたい。

竜人特有のゆったりした空気が流れる中、つがいと愛を語らいたいのだ。

今の自分たちの状況では、心ゆくまで抱き合うことすらできない。

早く宝珠を見つけ、自分たちの屋敷に戻って、陛下には少し長めの休みをもらって――。

ソラリスと寝室に引き籠もり、今までの分も愛し合いたい。

「そのためにもまずは優勝しないと」

宝珠を見つけなければ竜園国には帰れない。

今回こそは本物だといいと願いながら、私は本戦が来るまで目を閉じていることにした。

◇
◆
◇

「勝者！　冒険者ウェルベック！」

審判が優勝者の名前を高らかに告げる。

私は座席から立ち上がり、割れんばかりの拍手を送った。


本戦は十六人で行われ、ウェルベックは最初の試合に登場したが、試合開始の合図が出るや否や、あっという間に抜き放ったレイピアで相手を追い詰め、降参の言葉を引き出した。

鋭いレイピアの動きは、とてもではないけれど素人が操るものには思えない。

手ほどきを受けたとは聞いていたが、彼の腕がここまでだとは知らなかった。

「素敵……」

流れるような動きで剣を突き出すウェルベックは文句なしに格好良かった。

彼が動くと長い髪が揺れる。髪は太陽に照らされキラキラと輝いていた。

ただでさえ顔が良いのに、そんな絵になる姿を見せられれば、観客が騒がないはずもなく、結果としてウェルベックは第一戦目から大歓声を浴びることとなった。

「さっすがSランク冒険者！　あっという間だぜ！」

「顔のいい男が強いって最高……！」

「星の狩人って異名持ちらしい。最近頭角を現してきた冒険者だって！」

「他とはレベルが違うな。観に来て良かった！　今回の武術大会は当たりだ‼」

周りから聞こえるウェルベックへの賞賛を聞き、うんうんと同意する。

確かにイケメンがチート気味に強いとか、最高である。

絵になるから見ている方も楽しいし、皆が興奮するのも当然だ。

そうして第一戦目から皆の心をがっつりと掴んだウェルベックは、第二戦目も危なげなく勝利し、準決勝となる第三戦目には例の獣人――グレイと戦った。

獣人は人間よりも身体能力が高い。しかもグレイはかなりの負けず嫌いのようで、いくら痛めつけられても「参った」と言わないのだ。

結果として、試合はかなり長引いた。

ウェルベックは怪我を負っているわけではない。どちらかというと圧倒的に追い詰めている方だ。だが、相手が負けを認めてくれないのでは話にならない。

「いい加減、降参してくれませんかね」

レイピアを軽く振り、ウェルベックが面倒そうに言う。

グレイはウェルベックを睨みつけながら、口の端を吊《つ》り上げた。

「嫌だね。誰が降参なんてするか。獣人のプライドにかけても言わない。俺に勝ちたかったら、俺を殺せばいい。殺すか降参か。勝負はどちらでもつくんだからな」

「なんと頑迷な……」

煩わしそうにウェルベックが顔を歪める。

ウェルベックが試合相手を殺さないように、かなり手加減しているのは明らかだ。

冒険者の討伐任務とは違う。

単なる武術大会で、人間や獣人を殺したくはないのだろう。

それは優しい彼なら当然だと思ったし、問答無用で殺したりしないことをさすが私の夫だと尊敬もしたが、このままではいつまで経っても決着がつかない。

それどころか、対戦相手の獣人は、ウェルベックの攻撃でかなりの重傷を負っているのだ。

戦いが長引けば怪我はもっと酷くなるし、それがもとで死ぬこともあり得るかもしれない。

そうなれば試合に勝ったとしても、とても後味の悪い戦いとして皆の記憶に残ることになるだろう。

嬲《なぶ》るだけ嬲って最後には殺した。そんな風に夫が言われたらどうしようと内心とても不安だった。

「はあ……分かりました。あまりこれは使いたくなかったのですが仕方ありません」

「……何をするつもりか知らないが、俺は絶対に負けを認めたりはしないぜ？」

地面に尻をつき、肩で息をしながらグレイが悪態をつく。

ウェルベックはそうでしょうねと頷き、「ですから」と口を開いた。

「あなたの本能に訴え掛けることにします」

「は？　……‼」

カッとウェルベックが目を見開いた。普段は隠している、竜人が竜化した時のみ現れる縦長の竜の瞳が露わになる。竜人の本性がほんの一瞬解き放たれ、ビリビリとした衝撃波のようなものが闘技場全体に走った。

闘技場が静まりかえる。ウェルベックは少しばかり竜人の気を露わにしただけだ。それに観客全員が呑まれ、言葉を失っていた。

「あ……あ……あ……」

怯え、掠《かす》れた声を上げるのは、先ほどまで悪態をついていたグレイだった。

正面からウェルベックの気を受け、恐怖に震えている。

彼の目には畏《おそ》れの色があった。

ウェルベックがゆっくりと彼に近づいていく。グレイは尻餅をついたまま、反射的に後ずさった。

「く、来るな……来るな……」

「おや、来るなとはまた。私たちは戦っているのですよ。そう言われても困ってしまいますね」

「ば、化け物め！」

震えながら叫ばれた声に、ウェルベックは「それはどうも」と笑って言った。

「これでもSランク冒険者としてやっていますからね。ええ。それなりだと自負していますよ。

――さて、それではお伺いしましょうか。私はあなたに投降していただきたいのですが――どうでしょう？」

美しい笑みを浮かべて尋ねるウェルベックに、グレイは大声で叫んだ。

「投降する！　俺の負けだ‼　負けでいい‼」

今までがなんだったのかと思うような言葉だった。グレイはブルブルと震え、己の身体を抱き締める。

「こんなの……勝てるわけない。次元が違う。無理だ……食われちまう……」

「失礼ですね。私はゲテモノ食いではありませんよ。ですがようやく素直になってくれたようで良かったです。これでも素直になっていただけないようならどうしようかと思いましたから。こういう場所で、殺しはしたくないんですよね」

「……」

信じられないものを見るような目で、グレイはウェルベックを見た。

「嘘は言っていませんよ？」

「……お前、何者だ。俺が無条件で屈服する覇気を出しやがって……」

「それをあなたが知る必要はない」

「っ……！」

正面からウェルベックの視線を受け止めた男が息を詰まらせる。ウェルベックが審判に目を向けた。

「投降していただけたようです。判定をお願いします」

「……しょ、勝者！　冒険者ウェルベック‼」

呆然《ぼうぜん》としていた審判が、慌てて判定を下す。

勝利者の名前が呼ばれ、一拍遅れて歓声が上がった。

「すごい！　今の何？」

「投降する様子なんてなかったのに、一睨みでビビらせちまいやがった！」

「狼の獣人だろ？　グレイって確か、有名な傭兵だよな！　それがまるで借りてきた猫みたいに大人しくなってるじゃないか！」

わああわあと好き放題話す観客たち。

私は彼らが話す内容を聞き、ホッと胸を撫で下ろしていた。

彼らは何が起こったのか理解していない。それが分かって安堵したのだ。

ウェルベックは、あの獣人の彼にだけ、自らの本性を一瞬垣間見せた。

獣社会は、上下関係が人間よりもはっきりとしている。

どちらが上の立場なのか、あの一瞬で、彼は理解したのだろう。

本能が勝てないと叫んだ。耐えきれなかった。だからグレイは投降するしかなかったのだ。

「ソラリス」

「あ……ウェルベック」

いつの間に私を見つけていたのか、ウェルベックが近づいてきた。

「おめでとう。次はいよいよ決勝戦ね」

「ありがとうございます。約束は守りますよ」

「楽しみにしてるわ」

「はい。それでは」

次の試合も控えている。

ウェルベックは残念そうに別れを告げると、名残惜しげにその場をあとにした。決勝が始まるまで、選手控え室で身体を休めるのだろう。

怪我は負っていないが、身体は疲れていると思う。少しでもゆっくりして欲しい。

 やや遅れてグレイが立ち上がり、ふらつきながらも闘技場を出ていった。

ウェルベックに負けたことを彼はどう思っているのだろう。少し気になったが、私が考えることではない。ウェルベックならいつものように上手くやるだろうと、それ以上思考を割くのを止めておいた。

しばらくして、もうひとつの準決勝が始まった。出てきたのは、もうひとりのSランク冒険者であるビリーだ。彼の武器は大剣だったが、見事に相手を翻弄し、そう時間をかけることなく勝利していた。

「決勝の相手は、彼か……」

ある意味、予想通りの組み合わせである。

武術大会始まって以来の、Sランク冒険者同士の戦いに、弥《いや》が上にも会場の熱が高まっていくのを感じる。皆、どちらが勝つかを語り、中には賭けを始めた者もいた。

「それでは、ただいまより決勝戦を始めます！」

怒号のような歓声が闘技場を埋め尽くす。その中、ウェルベックとビリーが姿を現した。

ビリーが全身を覆うプレートメイルを着ているのに対し、ウェルベックは防具と呼べるものをつけていない状態。

一撃でも受ければ大怪我をしてしまう。

ビリーに比べてあまりにも軽装のウェルベックを心配する声があちらこちらから上がったが、私は全く心配していなかった。

どれだけ強くとも、人間相手に彼が負けるわけがない。そう確信していたからである。

実際、人間と竜人では基礎能力が違いすぎる。

ずるいと言われても否定できないくらいには差があるのだ。

ビリーが小手調べとばかりにウェルベックに斬りかかる。ウェルベックはさらりとそれを自らのレイピアで受け流した。

大剣の勢いをレイピアで受け流すという妙技に会場がどよめく。

よほどの技量がないとできないことだと、理解しているのだろう。

「さすがだな！　あっという間にSランクに駆け上がってきただけのことはあるね！」

攻撃が受け流されたというのにビリーの顔は実に楽しそうだ。

「いやいやどうして。君の力は素晴らしいの一言だよ。先ほどの戦いを見ていれば、私に勝ち目がないのは分かる。差が歴然としているのは十分理解したからね。さっさと投降するのがいいのだろう。だが、私もSランク冒険者としてのプライドと意地がある。できれば、私の全力をもって君に挑み、そして納得した上でこの場を去りたいのだけれど、構わないだろうか」

告げられた言葉にウェルベックが目を丸くした。

まさかそんなことを言われるとは思わなかったという顔だ。だがその顔に笑みが浮かんだ。

あれは「悪くない」と、そう思っている時の顔だ。

まっすぐぶつかってくる相手が、彼は嫌いではないのだ。

「……いいですよ。ただし、あまり時間をかけたくないので、一撃で来て下さい。私は避《よ》けませんから」

「ありがとう。こちらは胸を借りる方だ。贅沢《ぜいたく》は言わないよ。君の言う通りにしよう」

ビリーは頷き、大剣を両手で持つと、「ふんっ！」と力を込めた。

ビリーから放たれた大量の魔力が剣に吸収されていく。魔力を吸い込んだ剣が青白く輝き始めた。

Sランク冒険者が本気で放とうとする必殺技に、会場の熱と期待が高まる。

「叩き潰す‼」

ビリーがウェルベックに向かって飛びかかり、大剣を振り下ろす。カッとその場が光に満ちた。

剣が二回りも大きくなったように見えた。

誰もがウェルベックが大怪我をするだろうと思った。下手をすれば死ぬかもと。それくらい力を秘めた攻撃だった。

だが、ウェルベックは余裕たっぷりに笑っていた。

「残念でしたね」

まともに食らえばかなりのダメージになると思われたそれを、ウェルベックは片手で受け止めた。

レイピアを持っていた方の手ではない。素手だ。

普通なら、手ごと叩き斬られるはずだった。それが当たり前のはずだ。

なのにそうはならない。まるで無敵の盾か何かのように、剣を受け止めている。無理に力を入れている様子も、怪我をしている様子もない。平然と彼は大剣の刃を指だけで握っていた。

「あ……あああ……」

ビリーの顔が恐怖で歪む。

大剣から噴き出していた魔力が、ウェルベックが触れた場所から吸収されていく。

青白かった大剣が元の色に戻り、勢いを殺されたビリーは剣を取り落とした。

ガラン、と大剣が地面に落ちる音がする。

「な……」

着地し、ビリーは落ちた大剣を見た。もはや、魔力の欠片《かけら》も残っていない。自分が今見たものが信じられないという顔でウェルベックに目を向ける。なんと言っていいのか、愕然《がくぜん》とする彼にウェルベックが平然と告げた。

「これで納得していただけましたか？」

彼には傷ひとつついていない。

鎧さえ着ていない、普段通りの姿のままウェルベックはそこに立っていた。

「……参った」

震えながらも紡がれた声は、しんとした会場内に嫌というほどよく響いた。

「参った。降参だよ。渾身《こんしん》の攻撃を無効化されてしまっては、私にできることは何もない。Sランク冒険者が形無しだ。どうしたら君のように強くなれるのか、教えて欲しいくらいだよ」

「もとが違いますからね。参考にはならないかと」

「ははっ、言ってくれるね。さすがだ」

地面に大の字に寝転がり、ビリーは笑った。

ウェルベックが審判に視線を向ける。彼は慌てて勝利宣言を行った。

「勝者、ウェルベック！　優勝は、冒険者ウェルベックに決まりました！」

会場中が、熱気の渦に包まれる。

優勝したウェルベックを讃《たた》える声があちらこちらから聞こえてくる。

ウェルベックが私を見た。

――勝ちましたよ。ソラリス。

「ええ、そうね。信じていたわ」

声なき声に答える。

負けるなんて最初から思っていなかった。私の夫は竜園国で宰相を務めるほどの男なのだから。

そうして彼は、私との約束通り傷ひとつ負わず、あっさりと優勝を決めたのだった。

◇◇◇

試合が終わったあとは、表彰式が行われる。

今回は三位まで表彰されるということで、表彰式の前に三位決定戦が行われた。三位になったのは、当然というか、狼の獣人であるグレイだった。

予選を免除されていた三人。順当に勝ち上がり勝利を決めた三人は闘技場の中央に立っていた。

私からでも十分見えるし声も聞こえる距離だ。

ウェルベックはビリーとグレイに囲まれていた。なんだろう。うんざりとした顔をしている。

「なあなあ、兄貴！　俺も連れていってくれ！」

秒で察した。

ある意味想定通りと言おうか、ウェルベックに懐いたのは獣人であるグレイだった。

獣は自分を負かした強者に従うという。彼もそのタイプだったのだろう。戦っていた時が嘘のようにウェルベックに懐いている。

掌返《てのひら》しにもほどがある。グレイとしては当たり前なのだろうが、先ほどまでの彼を知っているだけに「誰だ、お前」と言ってしまいたくなるほどの温度差に風邪をひきそうだ。

「あれほど絶対的強者という感じの覇気を受けたのは初めてだ。一瞬で勝てないって理解した。あんなに怖かったのは生まれて初めての経験だった」

「そうですか。良かったですね。そんな怖い思いをしたんですから、私に近づきたくないでしょう。離れて下さい」

ウェルベックの視線は非常に冷たいものだったが、グレイは全く気にしていないようだ。

むしろ尻尾が上機嫌に揺れている。

「近づきたくない？　まさか！　強い雄に従うのはそれこそ獣人の本能なんだ。俺は兄貴についていく」

「結構です。どこへなりとひとりで行って下さい」

「そこをなんとか！　俺はもっと強くなりたいんだ。兄貴といれば、それが叶う気がする」

目を輝かせ、ウェルベックに纏わりつくグレイ。

その姿は、飼い主にじゃれつく犬のようだ。とはいえ、二メートル近い図体でそれをやられると奇異な光景にしかならない。

ふたりのやり取りを黙って見ていたビリーまで言い出した。

「いいなあ。私も君についていきたいな。自惚《うぬぼ》れていたつもりはなかったんだが、自分の未熟さに気づかされたというか、恥ずかしくなったんだ。Sランク冒険者、なんて言われて、知らないうちに調子に乗っていたのかもしれないね。これを機に自分を鍛え直したい。私も君と行きたいんだ。迷惑だろうか」

「迷惑です。迷惑以外の何ものでもありません。あなたたちは今まで通り、ひとりで楽しく旅をして下さい」

「いいじゃないか。仲間と旅をするというのもなかなかいいものだと思うよ。私もあまりパーティーを組んだ経験はないんだけど、君と彼と三人ならきっとどんな難関クエストでもクリアできると思う。うん、ワクワクしてきたね！」

「私は妻とふたりで旅をしているんです。余計なオマケは要りません！」

心底嫌そうにふたりを追い払うウェルベック。

私はといえば「やっぱりなあ」と思っていた。

ウェルベックは男にもてる。それも相手が強ければ強いほど、彼に心酔するのだ。多分こうなるとは思っていたが、予想通りすぎる結末に苦笑しか出ない。

ビリーが驚いたように言う。

「妻？　妻と言ったか。もしかして君と一緒にいた女性、彼女のことかい？」

「ええ、そうです。彼女以外の同行者など要りません。お引き取り下さい」

「余計なお世話だとは思うけど、Sランク冒険者である君と一緒にいるのはあまりよくないのではないかな？　足手纏いになるし、何より大事な奥さんに危険があったら後悔してもしきれないだろう。どこかに屋敷でも構えて、そこで待ってもらっていた方が――」

ビリーの言葉は尤もだったが、ウェルベックは不快だという顔を隠そうともしなかった。

「妻のことを何も知らないくせにそういうことを言うのは止めて下さい。……妻は強いですよ。全ての功績が私のものになっていますから、ランクこそCですが、少なくとも彼女はあなたたちより遥《はる》かに強い。足手纏いになるのはあなたたちで、彼女ではありません」

断言してくれたウェルベックに嬉しい気持ちになる。

私に戦いはできない。竜人女性は基本的につがいに守られるものだし、ぬるい日本で二十年ほどを過ごした私は、特に戦いを忌避する傾向が強いからだ。

だけど竜人は竜人。人間と身体の仕組みが違うので、単純に力で負けるということはあり得ない。

ただ、私は私の力を上手く使えないし、戦うことを怖いと思っているから、パーティーを組んで来られると負けるだろうなとは思う。

戦い方を知らないのだ。それも当たり前だろう。

私が強いと聞いたビリーとグレイが、疑わしげにウェルベックを見る。

「……本当に？　小さな可愛らしい女性だったと思うのだけれど」

「俺もさすがに女には負けないと思う」

「どう感じるかはお任せしますよ。私はただ事実を言ったまでですから。とにかく、あなたたちとパーティーを組む気はありませんので諦めて下さい。これ以上ごねるようなら力ずくで排除しますよ」

「……兄貴が言うのなら……分かった」

「仕方ないね」

ウェルベックが本気だと悟ったのか、残念そうではあったが彼らはなんとか引き下がった。

良かった。諦めてくれた。

私たちはただ冒険者として旅をしているわけではないのだ。

竜人であることを隠し、宝珠を探している。そんな中、部外者を引き入れるわけにはいかなかった。

上手く話がついたことにホッとしていると、審判をしていた男性が高らかに告げた。

「光栄なことに、オニキス王女様が優勝者に直接お言葉を掛けて下さるそうです！」

ざわり、と会場がどよめく。

王族たちが座っている場所に皆の視線が一斉に向いた。

ウェルベックたちは膝を折り、頭を垂れる。

コツコツという音と共に王女がゆっくりと降りてきた。

改めて見ると、やはり綺麗な子だ。国王が娘を溺愛しているというのも理解できる。

王女が闘技場に降り立つ。彼女の他に五人の兵士が一緒に来ていた。これからウェルベックはあの中のひとりになるのだろう。

第一関門はクリア。ここからが本番だ。

「——顔をお上げなさい」

鈴を転がすような可愛らしい声が響いた。

ウェルベックたちがそれに従い伏せていた顔を上げる。王女はウェルベックの前に立つと、にこりと笑った。

愛らしい笑顔だ。

「あなたの試合、見ていました。圧倒的で、とても素晴らしかったです。他の者たちのような鍛えられた体つきでもないのに、どこにそんな力があるのかと見惚れました」

「過分なお言葉、痛み入ります」

再度ウェルベックが頭を下げる。さらりと長い髪が揺れる。それを王女は眩しげに眺め、手を伸ばした。

「あっ……」

思わず驚きで声が出た。

王女は愛おしげにウェルベックの髪を掬《すく》い、口づける。

「だから顔を上げろと言っているのに。あなたにはこれから私の専属護衛となってもらいますが……可能なら、私の恋人にもなってもらいたいと思っているの。ふふっ。これが一目惚れというものなのかしら。見た目も何もかもが好みだわ。お父様もあなたのように強い方なら側に置いても安心だっておっしゃったし。ねえ、どうかしら？　私に愛されたいと思わない？」

楽しげに尋ねる王女に会場中の目が集まった。

私はといえば驚きは去り、激しい怒りに支配されていた。

――信じられない。ウェルベックは私のよ‼

己の大切なつがいが白昼堂々と口説かれているのだ。到底許せることではない。

――ふふ、ふふふ。そう、私に喧嘩を売っているのね？

戦いは嫌いだが、夫に色目を使われた場合は話が別だ。

相手が王女だろうが関係ない。今すぐ出ていって、彼の所有権を主張しなければと怒りに震えていると、顔を上げたウェルベックが薄《うっす》らと笑みを浮かべて言った。

「申し訳ありません。私は既婚者ですので」

「あなた、結婚しているの？」

「ええ。十年以上前に。それに私は妻を深く愛していますので、殿下のご要望にはお応えできません」

「……そうなの？　この私が恋人になって欲しいと言っているのに？」

「はい」

笑みを浮かべたまま、ウェルベックが頷く。

全く動揺しないウェルベックを見ていると、私の気持ちも徐々に落ち着いてきた。

——そうよ。ウェルベックが浮気なんてするはずないんだから。私はどんと構えておけばいいの。

深呼吸をする。

ウェルベックのこととなると、すぐに頭に血が上ってしまう。

己のつがいに対してどこまでも心が狭くなるのは竜人によくあることだ。意識して平静を保たなければ。

今、出ていっても何もいいことはないと分かっている。

何度も深呼吸をしていると、王女が試すような口調でウェルベックに質問した。

「……恋人にならなければ、今回の優勝はなしだと言ったら？」

「仕方ありません。優勝は辞退し、私は妻と共にこの国を去りましょう。私にとって、妻以上に優先すべき存在はありませんから」

躊躇なく答えたウェルベックを王女が目を丸くして見つめる。

その顔には意外だと書いてあった。

「私にそんな風に答えたのはあなたが初めてだわ」

「そうですか」

「私の護衛になりたくて、武術大会に出たのよね？　それなのに、その権利を棒に振るの？」

「ええ、もちろん。当然のことです」

言い切ったウェルベックに、王女は目を瞬かせ、楽しそうな顔になる。

「……そう。なんだかあなたの妻にも興味が湧いてきたわ。それならあなたを私の護衛に、あなたの妻を、私の女官として雇うことにしましょう。そういうのもいいわよね」

「妻を、ですか？」

予想外の言葉にウェルベックがキョトンとする。だが、話を聞いていた私も似たようなものだった。

――私が王女の女官に？

王女として長く生きてきたから、どういうことをすればいいのかくらいは分かるし、目的を考えれば有り難い申し出だ。だが、何故王女がそんなことを言い出したのか分からなかった。

「ええ。あなたにそこまで言わせる女性なのだもの。きっと学ぶことも多いと思うわ。それとも駄目かしら」

「……いいえ、妻なら頷くと思いますが。……ひとつ言っておきますが、妻に嫌がらせをするような方にお仕えする気はありませんよ」

「あら、そんなことしないわ。あなたが奥様一筋だということは理解したから。本心から、女官として登用したいと思っているだけよ」

「……分かりました」

納得はできないが、チャンスを無下にするのもよくないと判断したのだろう。ウェルベックが頷いた。

「妻に話をします」

「ありがとう。明日にでもふたりで城を訪ねてくれるかしら。話は通しておくから」

「分かりました」

ウェルベックが深々と頭を下げる。

こうしてウェルベックは王女の護衛に、そして何故か私まで女官として王女の側に仕えることが決まってしまった。

第三章　護衛と女官

「ソラリス、すみません。あなたの意見も聞かず、勝手に話を進めてしまいました」

ウェルベックと合流するや否や、彼は私に向かって頭を下げた。

首を横に振る。その件については特に怒ってはいなかった。

「顔を上げて、ウェルベック。あなたの判断は正しいと思うわ。私が王女の女官になれば、その……チャンスも増えるだろうし」

指輪についてはわざと触れなかった。周りに人もいる。勘ぐられるのを警戒したのだ。

「ですが……あなたを女官になんて」

ウェルベックが顔を歪める。そんな彼を見て、私はひとまず宿に戻ることを提案した。

どのみち、人のいる場所で話すような内容ではない。そう思ったのだ。

宿に戻ると、ウェルベックが優勝したことをすでに知っていた店主が祝福の準備をして待っていた。

気持ち的には断りたかったが、親切心でしてくれたことだ。風呂に入ってさっぱりしてから参加すると告げ、ふたりで部屋に戻ることに成功した。

扉を閉め、鍵を掛ける。防音の結界を張り、ウェルベックと向き合った。

彼はまだ納得がいかないのか、難しい顔をしている。

「ウェルベック、何度も言うけど私はあれでよかったと思っているわ」

話を蒸し返したくはなかったが、きちんと終わらせないといつまでも引き摺《ず》る。そう思い再度告げると、ウェルベックは私に近づき、顔を覗き込んできた。

「本当に？　ソラリス、本当にあなたはあれでよかったと思っているんですか？」

「ええ。王女の女官なら、もしかしたら指輪に触れられる機会があるかもしれないもの。ウェルベックだけでなく私も王女に近づけるのは幸運よ。私はそう思ってる」

「……竜国の王女であるあなたが、人間の女官になんて……。あの場では頷きましたが、私には到底許せそうもありません」

「でも、ウェルベックだって仕方ないって分かってるのよね？　ここは話に乗るのが正解だって」

「それは……」

珍しくもウェルベックが口籠もった。

しばらく葛藤していた様子を見せる。だが、諦めたように頷いた。

「……ええ。ですから拒絶できませんでした」

「なら、それでいいじゃない」

「ですが今になってやはり許せないと思ってしまうのです。私のつがいを人間の王女に貸し与える？　冗談じゃない。あなたは私だけのものです」

踵《かかと》を上げる。

ギラギラとした怒りを瞳に滲ませるウェルベックの頬を己の手でそっと包み込んだ。

「当たり前よ。私はあなたのもので、あなたは私のもの。私の竜珠はあなたの中にあるし、あなたの竜珠は私の中にある。その事実は変わらないわ」

竜人は結婚の際、己の竜珠を相手と交換する。それにより婚姻は成立。竜珠は己の魂とも言えるもので、それを持つ相手が死ねば自分も死んでしまうのだ。竜珠を交換し、夫婦となることで、まさに一蓮托生《いちれんたくしょう》となる。

相手に自分の命を預けるのが竜人の結婚なのだ。

だから相手により激しく執着するし、相手を自分のものだと思う気持ちも強くなる。

互いの命を握っているのだ。そう思うのも無理はないだろう。

ウェルベックの唇に己の唇を押し当てる。

怒っていたからなのか、その唇は熱かった。

「言わせてもらうけど、私だっていい気分じゃなかったんだから。だって、あの王女、堂々とあなたを口説いたんだもの。それも妻の私の目の前で。あの時飛び出さなかった私を褒めて欲しいくらいだわ」

冗談抜きで炎でも吐いてやろうかと思った。

正体が知れる？　知ったことか。

竜人のつがいに手を出すというのは、逆鱗《げきりん》に触れるのと同義なのだから。

怒りを見せた私を見て、ウェルベックがクスリと笑う。

「私が彼女に惹《ひ》かれると、本気で思いましたか？　あなた以外の女性に興味なんてありませんよ」

「知ってるわ。ウェルベックのことは信じてる。でも、それとこれとは別なの。あなたにだってそれは分かるでしょう？」

じっと見つめれば、ウェルベックは眉を寄せ、頷いた。

「ええ、分かりますとも。私も、あなたに近づく男がいると思うだけでも許せませんから」

「そう。お互い様なの。あなたは私が王女の女官になるのが嫌かもしれないけれど、私だってあなたが王女の護衛になるのは同じくらい嫌だと思ってる。でも、目的のためにお互い我慢するべきなのは分かってるでしょう？」

「ええ、残念ながら」

「だから互いに我慢しましょう。ものっすごく不本意だけど、指輪が本物かどうか調べられる絶好のチャンスであることは違いないんだから。あなたも嫌かもだけど、私もとっっっっっても嫌なんだから」

とってもに無駄に力を込め、告げる。ウェルベックも少し笑った。

「そう……そうですね。分かりました。あなたも我慢してくれているんですから、私も我慢しないと」

「そういうことよ」

困った顔を作ると、ウェルベックも頷いた。

納得しきれてはいないが、仕方ないという顔をしている。多分、それは私もだろう。

「……ままならないわね」

「ええ、本当に」

私の言葉に、ウェルベックもしみじみと同意する。

こうしてなんとか今後の方針を決めた私たちは、部屋を出て、優勝祝いをしてくれるという階下の酒場へと足を運ぶことにした。

◇◇◇

次の日、荷物を纏めた私たちは宿をあとにし、王都の中心にある城へと向かった。

宿をチェックアウトしたのは、護衛も女官も住み込みになるからだ。

帰れないのに宿を取る必要はない。

店主は残念がっていたがそれ以上に私たちが城に行くことになったのを喜び、笑顔で送り出してくれた。

跳ね橋と城門が見えてくる。門の前には武装した兵士が何人も立っていた。

当たり前だが誰でも中に入れるわけではないらしい。

今も荷馬車に積まれた荷をしつこいくらいに確認していた。

「……通ってよし」

「ありがとうございます」

通行許可が下りた商人らしき人物がホッとしたような顔で荷馬車に乗り、城門を潜っていく。

商人が中に入ったのを確認した兵士たちがこちらを向く。

「城になんの用か」

鋭い声に、一瞬ドキッとした。

何も悪いことをしていないのに後ろめたい気持ちになるのは何故だろう。

私の隣にいたウェルベックが口を開く。

「昨日の武術大会で優勝した冒険者、ウェルベックと申します。王女殿下に妻と共に来るようにと命じられ、まかり越しました」

彼の言葉を聞き、兵士たちが驚いたような顔をする。

「そうか！　お前が昨日の優勝者か！　姫様から話は聞いている。ああ、その前に身分証を提示してもらおう。お前が本物なのかどうか確かめる必要があるからな」

「分かりました」

ウェルベックが身分証を取り出し、彼らに提示する。それを念入りに確認した兵士たちが頷いた。

「確かに本物のようだ。うむ。姫様がお待ちだ。通るがよい」

「ありがとうございます。このあと、私たちはどちらに行けばいいのでしょう」

「こちらからお前が来たと連絡を入れるので、門を潜ったところで奥方と共に待つといい。すぐに迎えが来るだろう」

「そうですか。分かりました」

兵士たちの説明に頷き、ふたりで城門を潜る。

無骨な灰色の城門の奥は意外なほど綺麗で整っていた。

緑の芝が敷かれている。中にある城は想像よりも大きく、思わず見上げてしまった。

「綺麗なお城……」

ディミトリが、数百年以上続いている王国であることを実感した。

歴史を感じさせる建物は、古いのに廃れた感じはなく、逆に重厚な雰囲気を醸し出している。

近くにも兵士たちが立っていたが、皆、ピリッとしていて隙がない。己の職務に誇りを持っているのだろう。だらけた様子が一切ないところは、さすがは大国の城だと思えた。

戦争が身近にあるからだろうか、どこか緩い感じの竜園国とは大違いである。

「お待たせ致しました。ウェルベック様ですね?」

城の雰囲気に驚いていると、女官服を着た女性がひとり、私たちに近づいてきた。

深々と頭を下げる。

「姫様に、おふた方をお連れするよう命じられました。女官のミリアと申します。どうぞ私のあとについてきて下さい」

「分かりました」

返事をし、先に行くミリアを追う。

彼女が案内してくれたのは、城のかなり奥だった。いくつも階段を上ったり下りたり。廊下だって何度も曲がった。なかなか複雑な造りになっているようだ。

いざという時のために、城は複雑にできている。こういうところは人間界も竜園国も変わらないのだなと妙なところに感心しながら彼女のあとに続く。もちろん道はきちんと覚えた。

もう一度説明してもらえるとは限らないからだ。これを一度で覚えられるかどうかというのも女官の資質のひとつに数えられることが多いのを私は知っている。

「こちらです」

ようやく辿り着いたのか、ミリアがひとつの部屋の前で立ち止まる。そうして意地悪い顔をして振り向いた。私に向かって聞いてくる。

「ちなみにこちらが姫様のお部屋となります。道は、当然覚えましたよね？」

「はい、完璧に」

にこりと笑って言い返すと、ミリアは驚いたように目を見張った。そうして満足げに頷く。

「それなら結構です。……姫様。お連れ致しました」

「どうぞ。入ってもらってちょうだい」

昨日も聞いた声が中から聞こえる。ミリアが扉を開け、私たちを促した。

「さあ、中へお進み下さい」

ウェルベックに続き、入室する。

部屋は広く、それ以上に豪華な家具で溢れていた。

国王が娘を可愛がっているというのは本当なのだろう。それが一目で分かるような部屋だ。

室内は明るく風通しが良い。細身のドレスに身を包んだ王女がソファに腰掛け、ゆったりとお茶を楽しんでいた。

「よく来てくれたわ。さ、こちらへ」

ウェルベックと目配せし、王女の示す場所へふたりで立つ。王女はソファに座るよう私たちに言ったが、さすがにそれは遠慮させてもらった。

これから私たちは彼女に仕えることになるのだ。そんな相手と同席できるはずがない。

王女は私に視線を向けると、「あら」と言って微笑んだ。

「あなたが彼の奥様？」

「はい。ソラリスといいます。ランクはCですが、冒険者です」

頭を下げる。王女が私を値踏みしているのが雰囲気だけで分かった。

「顔を上げて。Cランクでも戦える女官が側についてくれるのは心強いわ。私の女官たちは皆貴族で、戦えるような子はいないから」

「お力になれるよう努力します」

わざわざ『貴族で』と言ってくるところがいやみだなと思いつつも我慢する。

昨日、彼女はウェルベックに粉をかけていた。

それが私という妻がいることで振られたのだ。いやみのひとつも言いたくなるだろう。

私は彼女より百歳以上も年上なのだから、平然と構えておくべきだ。

――我慢、我慢。

現在二百十五歳。二十歳前後の子供に煽られているようでは、竜園国の王女としては失格だ。喧嘩を買いたいという気持ちはあるけど！　すごく受けてやりたいと思っているけど私は大人だから我慢するのだ。

——くう……！　勤め人って辛いわ！

己のつがいに色目を使う女を牽制することもできないのだから嫌になる。

ひとつ息を吐き、気持ちをやり過ごす。

もう一度深々と頭を下げると、王女は面白くなさそうな声で言った。

「あなたには今日から私の専属女官として働いてもらうことになるわ。ミリア、まずは彼女に制服を用意してあげてちょうだい。ひと通り、仕事も教えてあげて」

「かしこまりました。ソラリス、こちらへ」

「……はい」

ウェルベックと引き離されるのが嫌だと思ったが、それは言っても仕方ないことだ。

私は女官として勤め、その中で王女に近づかなければならないし、ウェルベックは護衛として彼女に付き従わなければならない。

これは仕事なのだ。

——嫌だな。

昨日はお互い我慢しようなんて偉そうに言えたのに、もう嫌だという気持ちが湧き上がってくる。

それを根性で押しとどめ、ミリアに続いて部屋を出た。

「……」

部屋を出る直前、ウェルベックと目が合う。

心配そうな瞳に気づき、私は慌てて大丈夫だという意味を込めて笑みを浮かべた。

◇◇◇

「あんのくっそ王女！　腹立たしい‼」

周囲に誰もいないのを確認し、中庭の雑草をむしりながら吐き捨てる。

私たちが城勤めをするようになって、そろそろ二週間が過ぎようとしていた。

女官としての仕事は、竜園国とほとんど変わらなかったので問題ない。同僚たちにも上手く馴染むことができたし、思っていたより楽しい生活を送れていた。

問題は、ひとつだけ。

ウェルベックに対する王女の態度である。

彼女はウェルベックを己の専属護衛に任じ、どんなところにでも連れ歩いた。常に側に置き、彼女の一番のお気に入りであることを皆に分かりやすくアピールしたのだ。

……それはまだいい。

来る式典の際、側にいて、上手く宝石をすり替えなければならないのだ。一番信頼されている護衛という立ち位置はがっちりキープするべきだろう。それは理解できる。できるのだけれど。

「まあ、さすがウェルベックだわ」

「すごい、頼りになるわね」

「あなたがいてくれれば安心だわ」

彼女はこんな感じでことあるごとに彼を褒め、軽くではあるがボディタッチをするのだ。

満面の笑みと共に。

その度にウェルベックは失礼にならないように気をつけつつ微笑むのだが、見ているこちらとしては腹立たしい限りだった。

――あの王女、私が何も言えないと思って！

専属女官である私も、大抵は王女と一緒にいる。

つまりはふたりがイチャつく（王女からの一方的なもの）現場を見ているわけなのだ。

意識的にか無意識にか、王女はウェルベックにちょっかいを出そうとする時、必ず私をチラ見する。

優越感が見え隠れするその顔にものすごく腹が立つのだが、女官風情に何か言えるはずもなく、
表面上は表情を取り繕いつつ、内心では罵詈雑言《ばりぞうごん》の嵐なのであった。

「腹立つ！　腹立つ！　腹立つ‼　ウェルベックは私の夫よ！」

怒りを込めて雑草を引き抜く。

今抜いている雑草は、根が地下深くに張り、引き抜くのが面倒な種類のものだ。

休憩時間、ふらりと庭に出てきたところを庭師に頼まれ、ストレス発散がてら引き抜きまくって

いたのである。

竜人の力があれば、大変でもなんでもない。次から次へと雑草を引き抜いていく私を見て、庭師は「冒険者というのは女性も力があるんですね」ととても驚いていたが、普通はできないと思う。

これは単に種族の違いだ。

「はあ……怒っても仕方ないって分かってはいるのだけど……」

頼まれた場所の雑草を全部抜いた頃には、ようやく溜《た》まり溜まった怒りも落ち着いていた。

腰を叩きながら立ち上がる。ずっとしゃがんでいたので、少し腰が重くなっていた。

「あの子も行き場のない思いを私にぶつけているだけなんだろうし」

自分に言い聞かせる。

そう、彼女は私に八つ当たりしているだけなのだ。

ウェルベックに一目惚れした王女は、一瞬で失恋した。

彼は一切王女に取り合わなかったし、私という妻を蔑《ないがし》ろにするようなら国を出るとも言った。

その態度は城に勤めるようになった今も変わらない。

側にいれば少しくらいチャンスがあるかもと王女は思っていたのだろう。

だが、ウェルベックは暖簾《のれん》に腕押し状態。そんな彼にイライラし、自分の恋心が叶わない原因である私を苦々しく思っているだけなのだ。

直接的な行動に出ないのは、ウェルベックにバレたら護衛を辞められてしまう可能性があるから。

彼女にできる精一杯の嫌がらせが、今の行動だと分かっていた。

「私は大人……私は大人」

自分に言い聞かせる。

庭師に作業が終わったことを告げ、持ち場に戻るべく歩き出す。そろそろ休憩時間も終わりなのだ。

「ただいま戻りました」

先輩であるミリアに声を掛ける。

女官は交互に休憩を取るようになっているのだ。今日は私が先で、ミリアがこのあと昼休憩に入ることになっている。

女官というのは二十四時間三百六十五日、休みなどないと思っていたから意外だった。

「あら、もう戻ったの？　もう少しゆっくりしてくればよかったのに」

「大丈夫です。きちんと休憩はいただきましたので。代わります」

「そう？　それじゃあ姫様をお願い。そろそろお茶の時間だからタイミングを間違えないようにね」

「分かりました」

簡単に引き継ぎを済ませる。ミリアは王女に昼休憩に入ることを告げ、部屋を出ていった。

食事は使用人用の部屋で取ることが決まっているのだ。食事はまかないとして、城の料理人が作ってくれるので、味はかなり美味しい。

ミリアと交代した私は、窓際で肘掛け椅子に座り、読書を楽しんでいる王女を見て溜息を吐いた。

彼女は時折本から顔を上げては、近くに控えているウェルベックに声を掛けている。

本を指さしているから、内容について語っているだけなのだろうが、実に楽しそうだ。

ウェルベックの表情が変わらないのが救いだけれど、せっかく解消してきたストレスがギューンという音を立ててみるみるうちに増加したのが嫌でも分かった。

――く、くそう。

イライラする。

実に絵になるふたりだった。

恋する乙女は可愛らしい。特に王女は元々顔立ちが整っているから余計にだ。

嬉しそうに頬を染め、ウェルベックに語り掛ける王女に醜く嫉妬してしまう自分がとても情けない。

だけど仕方ないではないか。

自分の夫に恋心を抱かれているのだ。嫌な気持ちになるなという方が難しい。

さっさと諦めてくれればいいのに、まだチャンスがあると思っているのがあからさまで、とても不愉快だ。

これなら女官にならず、ウェルベックと別行動していればよかったとも思ったが、自分の目の届かないところで夫が口説かれている方がムカつくと思い直した。

ウェルベックがはっきり拒絶しているところを見ることで、なんとか私は精神のバランスを保っているのである。

無関心を装う。

大きく深呼吸をし、苛《いら》つく気持ちを腹の奥に押し込め、己の仕える王女の近くに移動した。

いつ何を命じられても対応できるように側にいるのが女官の鉄則なのだ。

楽しげにウェルベックと話していた王女は私に気づくと、「あら、戻ったのね」と笑顔を向けてきた。

「そろそろお茶にしたいと思っていたところよ。準備をしてちょうだい。あ、ウェルベック。あなたも一緒にどうかしら?」

自然に誘いをかけてきた王女に、ウェルベックは微笑みを浮かべながら断った。

「私は護衛です。一緒にというのはどうかご遠慮させて下さい」

「もう、いつもあなたはそうなんだから。あなたと共に午後のお茶をしたいと思う私の気持ちは無視?」

柔らかく睨めつける王女をウェルベックは当たり前の顔をして諫《いさ》めた。

「それが主人の命令というのなら従いましょう。ですがそうではなく、個人的なお誘いというのならお断り申し上げます。私は妻に嫌な思いをさせたくない。それはお仕えする前にも申し上げましたよね?」

王女は一瞬言葉に詰まったようだったが、すぐに気を取り直し、笑顔で言った。

「……そうね。でも、ソラリスだって、お茶を一緒にするくらいで怒ったりしないと思うわ。だってあまりにも狭量だもの」

チラリとこちらに目を向ける王女。その目が『頷きなさい』と言っている。

――ふ……ふふっ。煽ってきよる。

ピキっとこめかみの辺りが引き攣ったのが、見なくても分かった。

ここで嫌だと言えば、私は仕えるべき主《あるじ》に対してさえヤキモチを妬く馬鹿女になり、ＯＫを出せば、夫と王女のお茶会を黙って眺める羽目になる。

なんという地獄の二択だろうか。

どちらも選びたくない。

だけど、自分が女官だということを忘れてはいない。竜園国では王女である私も、ここでは単なる女官のひとりでしかないのだ。

王族であり、主人である王女に対し、嫌だとは言えない。

仕える立場であるというのが、こんなにも面倒だということを初めて知った。

内心ギリィと唇を嚙《か》み締めていると、ウェルベックが王女に言った。

「殿下。妻は関係ありません。私が、妻を悲しませるのが嫌なのです。妻に尋ねるのはお門違いかと」

「……そう。ウェルベックは本当にソラリスのことが好きなのね」

悔しげにそう口にした王女に、ウェルベックは見惚れるような笑みを浮かべて頷いた。

「ええ、もちろん。彼女は私のたったひとりの女性ですから。殿下も私の気持ちを汲《く》んで下さいますよね？」

汲まないとどうなるか分かっているだろうなという声なき声が聞こえてくるようだ。

王女は慌てて頷き、ウェルベックに言った。

「……ええ。お茶をするくらい構わないかと思ったけれど、ウェルベックがそこまでソラリスを気に掛けているというのなら無理強いはよくないもの。……ソラリス、悪かったわね。心ないことを聞いたわ」

「……とんでもございません」

頭を下げる。

ウェルベックのおかげで、妙な二択を選ばされることからは逃れられた。とはいえ、こういうことはわりとよくあるから、気を抜くことはできないのだけれど。

いい加減、ウェルベックのことを諦めてくれればいいのだが、彼女の方にその気はないらしい。奥さんがいるのなら、それはそれで構わない、自分の方が魅力的であると分からせればいいだけだという彼女の気概が伝わってくる。

私を側に置くことにしたのも、自分とどれだけ違うか比較させようとしたのだろう。

——確かに！　確かに私は彼女よりも二百歳ほど年上だけど！

思ってから、そりゃ、若さで勝てるわけないよねと我に返った。

勝負しようとするだけ無駄である。人間ならとうに鬼籍に入っている年齢だ。

ちなみにウェルベックは三百歳超えである。外見は三十歳くらいにしか見えないけれど。

そんなことを真面目に考えながら私は再度頭を下げた。

「では、お茶の用意を致します」

「ええ。そうしてちょうだい」

王女の言葉に頷く。

しかし毎日こんな調子で胃が痛い。本当にどうにかならないだろうか。

お茶の用意のために部屋の外に出ながら、私はまた無駄に溜まってしまったこのストレスをどう発散するべきか真剣に考えていた。

◇◇◇

それから数日後の真夜中、私は皆が寝静まったことを確認し、魔法を使った。

怪しい魔法ではない。単に眠りが深くなる魔法だ。一晩ぐっすり。次の日、気分良く目覚められるというもの。

準備を整えた私は、周囲の気配を確認してからひとり城を抜け出した。高い壁があったが気にせず飛び越え、夜の町を駆け、王都の外に出る。目的地は少し離れたところにある古い森だ。

人間界に最初に降り立った時ほどの危ない森ではないけれど、ここもそれなりに危険な魔獣が生息しており、昼はともかく夜は誰も寄りつかない。

私は人がいないことを確認してから森の中に入った。

道らしい道はなく、真夜中ということもありとても暗い。魔獣の気配もそこら中からしていたが、竜人である私には関係ない。気配は私を恐れるように離れていく。私はそれを無視して森の奥に進んでいった。

「ウェルベック！」

木々が途切れた場所。小さなテントくらいなら張れそうな広場が目的地だった。

城では仕事をしていてなかなか話ができない。それにどこで誰が聞いているとも限らないので、示し合わせてこうして夜中に落ち合ったのだ。

時間はウェルベックが指定した。場所は決めていなかったが特に問題はない。何故なら彼は私の竜珠を持っているから。竜人なら自分の竜珠がどこにあるのかくらい感覚で分かる。

その感覚を追ってここに来たのだ。

無事辿り着いた私を見て、ウェルベックがにこりと笑う。両手を広げられた。

「ソラリス」

「っ！」

我慢できず、彼の胸の中に飛び込んだ。

思いきり彼の匂いを吸い込む。久々の夫の感触が、涙が出るほど嬉しかった。

グリグリと頭を胸に押しつける私を、ウェルベックが優しく撫でてくれる。彼の手の気持ちよさにうっとりしながら私はほうっと深く息を吐いた。

護衛と女官。仕事が仕事なので、なかなかふたりきりにはなれない。

ようやく感じることのできた夫の体温に、私は心底安堵していた。

ぎゅっと抱きつくと、ウェルベックが嬉しそうな声で言った。

「ふふ。珍しいですね。こんな風にあなたが甘えてくることなんて、最近ではなかなかなかったのに」

「だって寂しかったんだもの。目の前にいるのに側にもいけないし。同じ職場っていうのは思っていたよりも辛かったわ」

今までは、抱きつきたければすぐに抱きつける生活をしていたのだ。

それが目の前にいても自由に動けなくなった。その変化は想像していたよりずっと私にダメージを与えていた。

「そうですね。私もあなたよりも王女を優先しなければならない今の立場が恨めしくてなりません」

溜息と共に吐き出された言葉に、私も大きく頷いた。

「本当。私、竜園国に戻ったら、もっと女官たちに優しくしようって思ったわ。皆、すごく頑張ってくれているんだなって、今回のことでよく分かったもの」

お前が言うなと言われるのは分かっているが、本気でそう思ったのだ。

「女官って大変なのね」

「さあ、それはどうでしょう。何せ私たちとは事情が違いますから。私たちは申し訳ないことに、この国に忠誠を誓っているわけではありませんからね。竜園国やこの国で仕えている私たち以外の使用人たちには当てはまらないでしょう」

「そうね。でも、それはそれで申し訳ない気がするわ。忠誠を誓ってないのに、王女の側近くに仕えているなんて、本当は許されないことだもの」

私だったらそんな人に側にいて欲しくない。

「早く出ていけるようにしないと……」

とは言っても、少なくとも式典の日までは動けない。目当ての指輪は、普段はしまわれ、正装をする日にのみ持ち出されるからだ。その場所も私たちは知らない。城中を探し回るわけにもいかないし怪しまれる。残念だが当日を待つしかなかった。

「ままならないわ」

「ええ、しかし目的のためには仕方ありません。ソラリス、ここまで皆に気づかれませんでしたか？」

話題を変えてきたウェルベックに頷きを返す。

「大丈夫よ。きちんと眠りの魔法をかけてきたもの。今頃皆、ぐっすりだわ。ウェルベックは？」

自信を持って答えると、ウェルベックは笑顔になった。

「私の方も問題なく。今日は寝ずの番でもありませんから」

「ああ、やっぱりそういうのがあるのね」

寝ずの番。夜通し起きての警備のことだ。王族を警護するのだから当然。竜園国でもあったので、その辺りは理解できる。

「そんなに頻繁には回ってきませんよ。せいぜい一週間に一度くらいです。それにこの国は治安が良いですからね。問題も起こりませんし、少々気が緩みやすくなるのが困った、というくらいでしょうか」

「ウェルベックの気が緩むわけないじゃない」

冗談めかして言われた言葉に微笑む。

今は国を離れているとはいえ、彼は一国の宰相を務めている人物なのだ。気が緩むなんて、彼に限ってあり得ない。

「ソラリス、あちらに座って話をしましょう」

「そうね」

離れがたい気持ちはあったが、今の体勢のままでは話しにくいのでウェルベックから離れた。ウェルベックの示した場所には、倒れた太い丸太があり、椅子の代わりに使えそうだ。ふたりでそこに腰掛ける。ゴツゴツしていたがあまり気にならなかった。

「それで？　そちらの状況はどうです？」

さっそくとばかりに尋ねてきたウェルベックに少しだけ口を尖らせた。

久しぶりに会ったというのに、いきなり本題に入られたのが気に入らなかったのだ。

私としてはもう少し、甘い雰囲気を楽しみたかった。

「ウェルベックの馬鹿。少しくらいデート気分を味わえるかと思って楽しみにしていたのに」

正直に告げ、彼を睨む。

ウェルベックから連絡があったのは今日の午後だった。それからずっと、久しぶりに彼とゆっくり話せる時間を楽しみに勤務に励んでいたから、私が文句を言うのも仕方ないだろう。

もちろん、情報交換がメインだということは分かっていたけれど、大好きな夫に会えるのだ。少しくらい期待したっていいではないか。

ムスッとした私をウェルベックが愛おしそうな目で見つめてくる。

「すみません。でもそういう風に言ってもらえて嬉しいですよ。私としては面倒な話を先に済ませて、残りの時間をゆっくり過ごせればと考えていたんです。説明不足でしたね」

「えっ、そうだったの……ごめんなさい」

「いいえ。あなたの可愛いふくれっ面が拝めましたからね。構いませんよ」

「ふくれっ面なんてしていないわ」

「していましたよ。とても可愛らしかったです」

クスクスと笑い、ウェルベックが私の頬をツンツンと突く。甘やかすような仕草だ。

久々の甘いやり取りが嬉しかった。優しく頬に触れられ、幸せがじんと身体中に広がっていく。

彼の手を自分から握ると、彼は互いの手を絡ませるような繋ぎ方に変えてきた。

「こちらの方がよくないですか?」

「そうね。私もこっちの方が好きだわ」

「良かった」

彼を見ると目が合った。自然と唇を合わせる。

「もう……先に話をするんじゃなかったの?」

「そのつもりだったのですが、あなたの唇を前にした途端、他の全てがどうでもよくなりまして」

しれっと答えるウェルベックに、思わず笑ってしまう。

「――では、ソラリスの方の報告を聞きましょうか。でなければ本題そっちのけで、もっとあなたに触れたくなってしまう」

冗談めかして告げられた言葉だったが、彼の目は怖いほど真剣だった。

その台詞《せりふ》を嬉しく思いながら私も正直に頷く。

「ええ、そうね。あなたの言う通りだわ。確かにしなければならない話を先に済ませておいた方がいいわね」

でないと、いつまで経っても本題に入れない。

気持ちの中では彼と触れ合いたい、イチャイチャしたいのが一番だが、使命も忘れてはいけないのだ。

私たちはそのために地上に降りてきたのだから。

姿勢を正し、気持ちを引き締めながら口を開く。

「こちらでは特に指輪の情報らしきものは得られなかったわ。せめてどこにしまっているかくらい調べられればと思ったのだけれど、難しいわね。知っていそうな人に聞いてみるにしても、どうして聞きたいのかと尋ねられたら答えられないもの。ミリア辺りは知っているかもしれないけれど、彼女は口を割らないと思うわ」

「私も似たような感じですね。王女が話題を振ってくれれば楽なのですが、やはり国宝ですからね。そう簡単にはいきません。大人しく式典当日を待つのがよさそうです」

「そうよね」

ふたりほぼ同時に溜息を吐く。

そうだろうなとは思っていたが、やはりウェルベックも駄目だったみたいだ。

「……ウェルベックなんて、あんなに王女に気に入られているのにね。意外と簡単に情報を得ているかもって実は少しだけ思っていたわ」

「そう甘くはありません。あの方は愚かではないので」

「……ふうん」

その言い方が、妙にカチンときた。

ウェルベックが王女を褒めるようなことを言ったのが何故かとんでもなく許せないという気持ちになったのだ。

思ったよりも低い声が出る。

ウェルベックが目を丸くして私を見てきた。

「ソラリス？」

「そうね、確かに愚かな方ではないと私も思うわ。さすが大国の姫。甘やかされているわりに、きちんと育てられていると思う。立派よね。……ただちょっと、人の男にちょっかいをかけようとしてくる常識のない人だとは思うけど」

棘《とげ》のある、嫌な言葉だと自分でも分かっていた。だけど止められなかった。

ここのところずっとウェルベックを独り占めする彼女を見て、私も大概我慢の限界がきていたのだ。

それを思い出せば、優しい気持ちになどなれるはずがない。

私はブチブチと文句を言い続けた。

「ウェルベックは私のなのに。そりゃあ、あなたが今、彼女の護衛だってことは分かっているわ。でも！　私はあなたの妻なのよ。その妻の目の前で彼女は……」

言葉にすると、更に怒りが湧き上がってきた。

今までに彼女が何度ウェルベックに粉をかけようとしたか、数えるのも馬鹿らしいほどだ。

怒りに打ち震えていると、ウェルベックが私の顔を覗き込み、優しい声で宥めてきた。

「落ち着いて下さい。私はあなただけを愛していますよ。知っているでしょう？　王女なんて相手にするはずがありません」

「分かっているわ。だけど気分が悪いの。私のウェルベックにそういう意図を持って近づくというのがもう許せないのよ……！」

私がウェルベックに片想いしていた歴はとても長い。

子供の頃からずっと、百年以上片想いを続け、ようやく実らせることのできた恋なのだ。

当然、それだけの愛情をかけ続けてきたウェルベックに対する執着は強く、彼に色目を使われるだけでも許せない。

「私が何も言えないと思って……！」

思い出すだけでも腹が立つ。

思わず拳を握り締めていると、ウェルベックがクスクスと楽しげに笑い出した。

私はこんなに怒っているというのに笑う彼が信じられない。

ウェルベックを睨みつけると、彼は「すみません」と謝りつつも口を開いた。

「いえ、あなたが嫉妬してくれているのが嬉しくて……」

「ウェルベック⁉　私は真剣なのよ？」

「分かっています。ええ、もちろん分かっていますとも」

そう言いながらもウェルベックの笑いは止まらない。ついには肩を震わせて笑い始めた。その顔はとても嬉しそうだ。

そしてその嬉しさが滲み出たような声で聞いてくる。

「ソラリスが嫌なら仕方ありません。明日にでもふたりで退職願を出しましょう。私は構いませんよ」

「え、何言ってるの。出さないわよ」

そんなことをすれば、今まで我慢したことが無駄になってしまうではないか。

「大体、なんて言って退職するつもりなの。私はともかくウェルベックは気に入られているから絶対に引き留められるわよ？」

「妻に可愛く嫉妬されましたので、辞めますと正直に言います」

「止めてよ！　恥ずかしい！」

想像して真っ赤になった。

きっとウェルベックは真顔でそう告げるのだ。そして皆がポカンとしている中、平然と退出するのだろう。その姿が見えるようだ。

だけどそれをされた日には私がすごく恥ずかしい思いをするし、王女にものすごく恨まれる気がする。

ブンブンと首を横に振ると、ウェルベックは「そうですか？　私はそれもいいような気がしますけどね」と真面目に言ってきた。

そうして私を抱き寄せ、甘い声で語り掛けてくる。

「ソラリス。私の愛しい人。ねえ、心配なんてしないで下さい。私はあなたを愛しています。私の唯一無二のつがいとして。あなたのためなら私はなんでもできます。あなたが望むのならどんなことでもしてみせましょう。だから、不安にならないで下さい。あなたの胸の中にある私の竜珠に誓って、あなた以外の人に興味なんて抱きませんから」

「……ウェルベックのことは信じてる。疑ってなんていないわ」

竜人はこの人と一度定めれば、それを一生貫く種族だ。だから、浮気とかは心配していない。

ただ、私が嫌なだけ。

「辞める必要なんてない。このまま続けましょう」

「いいのですか？」

静かに尋ねてくるウェルベックに、私は頷いた。

「ええ。ここで辞めたら、せっかくの作戦が水の泡になってしまうもの。それに言い出しっぺは私よ。自分の言葉にくらい責任を持つわ」

城に勤めることになった時、いい顔をしなかったウェルベックに、「互いに我慢しよう」と告げたのは私だ。

それなのに、「やっぱり嫌だ」なんて口が裂けても言えない。

あまりにも無責任ではないか。

「あと少しの辛抱。ちゃんと我慢するわ」

「……残念。辞めるのもひとつの選択かと思ったのですけどね」

小さく笑うウェルベックだったが、彼も私がそんなことを望まないとは分かっていたのだろう。すぐに同意してくれた。

「分かりました。あなたがそれでいいと言うのでしたら、従いましょう。式典はもうすぐですしね。……ソラリス。あなたも人間の男に口説かれないで下さいよ。もしそんなことになれば、王女の護衛なんて無視して、あなたを攫いに行きますからね」

「私を口説く人なんていないわよ」

笑い飛ばした。

実際、既婚者と知られている私を口説くような男はいない。だが、ウェルベックは嫌そうな顔をする。

「……何を言っているんですか。あなたの胸元をいやらしい目で見ている男がどれくらいいるか、私が知らないとでも？　今は様子を窺っているだけのようですが、時間が経てば、きっと口説かれますよ。断言します」

「ええ？」

胸、と言われ、確かに心当たりはあると思い直した。視線が鬱陶しいと思った記憶があったのだ。

私はチビで童顔だが、胸はかなりの大きさがある。

そのせいで日本にいた頃もよくジロジロと無遠慮な視線を向けられていたのだ。

「……気をつけるわ」

「ええ、そうして下さい。あなたに何かあれば、私が狂いますから」

真顔で返され頷く。

不謹慎かもしれないが、ウェルベックが心配してくれたのが嬉しかった。

「ソラリス？　何を笑っているんです？」

喜びが表情に出ていたのだろう。ウェルベックが私を見咎めた。それに肩を竦《すく》めつつも謝る。

「ごめんなさい。あなたに心配してもらえたのが嬉しくて」

「心配するに決まっているでしょう。大切なつがいのことなのですから」

「そうね。ふふ……」

ぶすっとした表情をするウェルベックが可愛いと思ってしまう。

彼の頬に手を伸ばし、さらりと撫でる。髭のないツルツルとした肌は、女性も羨むレベルで美しい。

「愛してるわ。私の旦那様」

目を細め、己の気持ちを告げると、ウェルベックは私の手首を掴んだ。自分の方に私を引き寄せる。

「んっ……」

重ねられた唇から彼の熱が伝わってくる。愛されているのが分かる甘い口づけに、心が温かくなっていく。

「愛していますよ、私のソラリス。あなたの側にいることのできない今の状態が苦しくてたまりません」

「私も……。あと少し、頑張りましょう」

「ええ、分かっています。ですから少しだけ、あなたを補充させて下さい」

「補充って……？　あ……」

ウェルベックの舌が口内に押し入ってきた。

分厚い舌が、繊細な動きで口腔《こうこう》を刺激する。舌先が歯の裏側をなぞり、背中がゾクリと粟立《あわだ》った。

「ふ……んぅ……」

鼻から甘い息が零《こぼ》れる。上顎を擦《こす》られるのが擽《くすぐ》られているようで心地よかった。

「ん……ん……」

彼の行為に必死に応える。

口づけをしたまま、ウェルベックが器用に私の身体を持ち上げ、己の膝の上に乗せた。向き合った体勢になる。私も協力し、彼の足の上に跨《また》がるように座った。足を広げて座るなんてはしたないと分かっていたが気にしない。だって今は夫に触れたい気分なのだ。そう思った私は羞恥を放り投げ、彼の首に抱きついた。膝の上にいる分、距離が縮まりキスがしやすい。

舌を思いきり絡ませ、唾液を啜《すす》り合うと頭の奥が痛いくらいに熱くなった。

「ウェルベック……」

久しぶりに触れ合ったせいか、全然止まれる気がしなかった。

ウェルベックの目に欲の火が灯《とも》る。

彼の手が女官服を剥いでいく。白いブラウスのボタンを外されている時なんて、ものすごく興奮した。ブラウスを脱ぎ、着ていた下着を上にずらされると、乳房が露わになる。

緊張か、それとも外気に触れたせいか、乳首は硬く尖っていた。

「久しぶりのあなたの肌だ……」

「あんっ……」

ウェルベックの大きな手で乳房をやわやわと揉まれ、甘い声が出た。

夫に触れられているのが死ぬほど嬉しかった。

外だからとか、そういう当たり前の倫理観が消えていく。

熱い掌が乳房を包み、硬くなった乳首を転がす。

「あっんっ」

腹の奥がジンと疼《うず》き始める。トロリと愛液が溢れたのが感覚で分かった。

「あっ、あっ……ウェルベック……」

「はあ……ずっとあなたのその甘い声が聞きたかった……」

「ああんっ」

ウェルベックが乳房をギュッと掴み、先端を口に含む。強めの力で先を吸われ、淫らな声が出た。その声を聞いた彼が嬉しそうな顔をする。

「たまらない……腰にキます」

「あっ……私も……ああっ……気持ちいいのっ」

恥ずかしい場所を押しつけるように腰を揺らしてしまう。

蕩け始めた蜜口に触れてもらいたくてたまらない。

「ウェルベック……下も、下も触って……」

「ええ、もちろん。愛しいつがいの願いならば」

「はあっ……」

はだけた黒いロングスカートの中に手が入る。腰紐《こしひも》を引っ張られ、下着が外れた。ウェルベックの手が蜜口に触れる。待ち望んでいた刺激が嬉しくて仕方なかった。

「あっ……！」

ウェルベックの指が、陰核を探り当てた。感じる場所を指の腹で丁寧で撫でられる。

「あんっ……ああっ！」

大きな声が出たが気にしてはいられなかった。さわさわと優しく擦られる。

「気持ちいいですか？」

「気持ちいい……けど、もっと……強くして欲しいっ……」

薄い刺激だけでは満足できない。強請るように腰を揺らすと、ウェルベックは陰核を押し潰してきた。

一瞬で快感が全身を支配する。頭の中で星が弾けた。

「アアッ……！」

ドロリと愛液が溢れる。ウェルベックが指の腹で花芽を転がした。少し触れられただけでも気持ち良い場所を何度も刺激されると、絶頂感が湧き上がってくる。

「んっ……んんっ……ウェルベック……ウェルベック……」

身体の内部が浮き上がってくるような不思議な感覚がする。

その感覚に翻弄されながらも私はウェルベックにしがみついた。

「好き……」

「私もあなたを愛していますよ。ほら、イきましょうか。良い子ですから」

「んんんんっ‼」

執拗《しつよう》に感じる場所を弄《いじ》られ、耐えきれなくなった私は呆気なく絶頂に達した。

頭がクラクラする。蜜孔はとろとろに蕩け、雄が欲しいと切なく疼いていた。

「ウェルベック……もう……挿《い》れて……」

疼く場所を彼のモノで埋めてもらいたい。熱い肉棒に愛してもらえればどれほど幸せだろう。

だけどウェルベックは残念そうにスカートの中から手を引き抜いた。

「え……？」

彼が何を考えているのか分からず、顔を見る。ウェルベックは私の唇に触れるだけの口づけをした。

「これ以上は駄目です」

「え……でも……」

ここが外だということは分かっている。だけど周囲に誰もいないし、ここまで盛り上がったのだ。最後までしてくれるものだと思っていた。

「して欲しいわ……」

「私もそうしたいところですが、挿入すると長いですからね。さすがにここで一晩中腰を振るわけにもいきませんし」

「あ……」

そういえばそうだった。

竜人の雄は人間と違い、非常に遅漏なのだ。

「さすがにその……挿れてしまうと、出したくなってしまいますので」

気まずそうに続けるウェルベック。

その言葉を聞き、残念ではあったが納得した。

私だけが気持ちよくなっても仕方ないのだ。ウェルベックが満足できないのなら、これ以上を強請るのは間違いだろう。

「……分かったわ」

そもそもこんなところでエッチなことをしようとしたのがおかしいのだ。それは最初から分かっていたけれど、私はものすごく夫の肌に飢えていた。

だって本当に久しぶりだったのだ。愛してくれそうな気配があれば全力で乗る。当たり前ではないか。

——最後までしたかったわ……。

肉棒で身体の奥をしつこく突かれる快感を思い出せば、身体は期待で熱くなる。

「そんなに残念そうな顔をしないで下さい。私だって今すぐあなたを貫きたいと思っているのですから」

ウェルベックが私の衣服を直しながら言う。確かに男性の方が大変だとは思うが、お預けされたのは私も一緒だ。

「……早くこの件を片付けましょう」

服を整え、立ち上がる。

こんな生殺しの生活はまっぴらだ。

「今回の件が終わったら、しばらく休みにするわ。依頼も受けないし、一週間くらい宿に引き籠もるの。もちろんしっかり結界を張ってね」

私の言いたいことが分かったのか、ウェルベックが目を丸くする。そうして嬉しそうに頷いた。

「ええ、そうしましょう。一週間あれば存分にあなたを愛《め》でることができますから。ああ、その時が楽しみです。たっぷり愛して差し上げますからね」

蕩けるような目で見つめられ、私はこくりと頷いた。

ウェルベックが私の目を見つめながら更に言う。

「私が満足するまでしても構いませんか？」

ウェルベックは一回も長いが、回数も多い。

竜園国にいた頃なら少し遠慮して欲しいと嘆いていたが、今は違う。だってこの五年間、ずっとご無沙汰だったのだ。取り返すくらいの気持ちで抱かれたい。

「いいわ。好きなだけ付き合う。その……私も欲しいもの」

「ソラリス……嬉しいです」

歓喜を滲ませ、ウェルベックが微笑む。

そうと決まれば、多少気が進まなくても女官業を頑張らなければならない。

気合いを入れ直す私にウェルベックがウィンクをしてくる。

「さて、それではご褒美のために頑張りましょうか。あなたをいただけるのであれば、気が乗らない護衛任務にも張り合いが出るというものです」

「……それはいいけど、王女に気に入られすぎないようにしてよね」

もう遅いかもしれないけれど。

王女の様子を思い出しながら釘《くぎ》を刺すと、ウェルベックは「大丈夫です。小娘に隙なんて見せませんよ」と笑って言った。

その言葉を聞き、百年以上ウェルベックに翻弄され続けた身としては納得するしかないと思ってしまった。

腹立たしいこともあるが、任務達成の暁には褒美があるという気持ちで頑張っていた私に、ついに待ちに待った知らせが伝えられた。

◇◇◇

「来月、建国祭が行われるの。ソラリスは準備を手伝ってちょうだい」

ある日の朝、王女から告げられた言葉に、内心ガッツポーズをしながらも私は楚々《そそ》と頭を下げた。

「かしこまりました」

ようやく。ようやくだ。

建国祭で王女の持つ指輪を確認さえできれば、この暮らしから解放される。

ついにやってきたチャンスに、私は喜びのあまりその場で小躍りしそうな気持ちになっていた。

「式典は正装と決まっているの。装飾品も何を身につけるのか決まっているから間違えないで。詳細はミリアに聞いてちょうだい」

「分かりました」

頷くと、王女は私を見て、言いづらそうに口を開いた。

「……それと、あなたの用意してくれた入浴剤、とても気に入ったわ。ゆっくり眠れたし。その……すごく助かった」

「それは良かったです」

喜んでもらえたようだと分かり、にこりと微笑んだ。

実は王女は、ここ二週間ほど妙に夢見が悪く、寝つきが悪くなり、かなり疲弊していたのだ。

悩みを聞いた私は昨日お手製の入浴剤を作り彼女に渡したのだが、どうやら気に入ってくれたらしかった。

「こんなに良い匂いがする入浴剤は初めて。香りの持続時間も長かったし、とてもリラックスできたの。一体どうやって作ったの？」

「ご満足いただけたようで何よりです。ですが製法は秘密ということで勘弁して下さい」

にこやかに答える。

普通の入浴剤と違うのは当然のことだ。

何せ魔法を使って匂いを閉じ込めたのだから。竜園国では一般的な入浴剤なのだが、人間界ではなかった発想らしく、王女はとても驚いていた。

「気持ちが解《ほぐ》れたからか寝つきも良かったし、夢も見ないで眠れたわ。本当に久しぶりに目覚めが良かったの。……あなたのおかげね」

「ありがとうございます」

「その……できれば今夜もお願いしたいのだけれど」

「分かりました。お好みの香りがあれば教えて下さい」

「……ラベンダー、とか」

「ラベンダーですね。承知致しました」

入浴剤は簡単な魔法でできるし、時間もかからない。快く頷くと、王女はじっと私を見つめてきた。

「姫様？」

「……ソラリス」

「はい」

呼ばれたので返事をする。王女は気まずそうな顔をしながらもはっきりと言った。

「そのね……今まで悪かったわ」

「へ？」

何を言われたのか、一瞬理解できなかった。目を瞬かせる私に王女は頬をほんのり赤く染めながら言う。

「だから、悪かったって言っているの。別に意地悪をしたつもりはないけれど、ウェルベックの奥さんであるあなたには、ずいぶんと嫌な思いをさせたっていう自覚はあるから」

「あ、ああ……」

それはその通りだったが、まさか謝られるとは思わなかった。

だけどどうしていきなり謝罪されたのだろう。今の今までそんなそぶりはなかったのに。

驚きを隠せないでいると、王女は唇を少し尖らせて言った。

「私だって、悪いと思ったら謝るくらいはするわ。それにね、あなたは誤解しているようだけど、ウェルベックのことを良いなと思っていたのは最初の頃だけだから。すぐにこれは無理だなって諦めたのよ」

「え、そうなのですか？　でも……」

そんな風には見えなかった。

「だって悔しかったんだもの。ウェルベックってば、本当に全く見向きもしないから。イライラして意地になったのよ。絶対に振り向かせてやるって。すごく不毛よね」

「それは……」

確かに不毛だ。

すでに諦めているのに、意地で振り向かせようとするとか、意味が分からない。

「おかげであなたに謝るタイミングも摑めなくなったし、正直に言うと、すごく困っていたのよ」

「ええと、ではどうして今になって？」

「……あなたがとても大人だなって思ったからよ」

「え」

頰を赤く染めたまま、王女は言った。

「昨日、私はあなたに、最近寝つきが悪いことと、悪夢を見る話をしたわ。別に何も期待していなかった。ただ、疲れていたから愚痴を言いたかっただけ。だけどあなたはそのあと、わざわざ入浴剤を作ってきてくれた。明らかに手製のものをね」

「……はい」

「そんなことをしてくれるなんて思っていなかった。あなたが私にきちんと仕えてくれていることは分かっていたけど、自分がしていることも理解しているもの。よくは思われていないのだろうなって。そんなの当たり前よね。自分の夫に言い寄っている女をよく思える女がいたら見てみたいわ」

「は……ははっ……」

そこまで分かっていてやっていたのか。

はっきり言われると笑うしかなくなる。

「だから、まさかこんな手間暇かけて入浴剤を用意してくれるなんて、思っていなかったの。しかもそれはすごくよく効いて……私のために考えて用意してくれたんだなって思ったら、自分の狭量さが嫌になったのよ。くだらない意地なんて張っていては駄目だって、謝ろうって思ったの」

言い終わり、王女がじっと私を見てくる。

「……そういうこと。ねえ、ソラリス。今更で都合が良いことを言っているって分かっているけど……許してくれる？」

「……はい」

少し迷いはしたが、私は肯定するように首を縦に振った。

許しを請うようにこちらを見上げてくる王女はとても可愛く、なんだかもういいやという気持ちになったのだ。

――確かに腹は立ったけど、何かあったわけではないし、直接意地悪をされたわけでもないから。

下手をすれば、他の女官たちを使っての嫌がらせくらいはしてくると思っていた。

女性社会は陰湿なところがある。男性の見えないところでこそこそと虐めが行われるのは、残念なことによくある話なのだ。

それだけに、王女が面と向かってしか嫌がらせをしてこないことを疑問に思っていた。

彼女が私を意識した行動を取るのは、それこそウェルベックと一緒にいる時くらい。

彼がいないところでは普通にいい主人だったし、変な差別もされなかった。

それを思い出せば、謝ってくれたし、まあ、仕方ないのかなとも思えてくる。

「……いいですよ。水に流します」

「ありがとう！」

パアッと顔を輝かせ、王女が笑う。その笑顔は愛らしく、やっぱりずるいと思った。

「本当はあなたともっと仲良くしたかったの！　だってあなた、すごく可愛いんですもの。私、実は可愛らしいものに目がなくって。ウェルベックがいなかったら、絶対にあなたの方を好きになっていたわ！」

「ええ？　そういうのはちょっと……」

お断りである。

渋い顔をすると、王女が声を上げて笑った。

「冗談よ。でも、あなたの外見が好きなのは本当。あなたみたいな可愛い妹が欲しかったの」

「……そ、そう、ですか。光栄です」

本当は百歳以上年上なので、なんとも言い難い。それでも主人の言葉だからとお礼を言うと、王女はすっきりとした顔で言った。

「うふふ。嬉しい。改めてこれからよろしくね、ソラリス」

「はい」

ウェルベックのことがなければ、私だって彼女のことは嫌いではない。

仕事がしやすくなるのも大歓迎なので、ここは素直に頷くべきと、長いものには巻かれることに決めた。

第四章　式典と宝珠

もうすぐやってくる建国祭。私たちはその準備に毎日のように追われていた。

私が王女と和解してから、色々なことが変わった。

今までと一番違うのは、王女がウェルベックに見向きもしなくなったことだ。

その変化は顕著で、事情を知っている私でも驚いたくらいだ。

王女はウェルベックのことを信頼する護衛として見るようになり、意味ありげな態度は一切取らなくなった。

まさかここまであからさまに態度が変わるとは思っていなかったので、これについては本気で吃驚した。意地になっていただけと言っていた王女の言葉は真実だったということが証明されたわけである。

私としては、夫にちょっかいを出されなくなって万々歳だ。

おかげで毎日気分良く仕事に励むことができているのだが——新たに問題がひとつ発覚した。

それは何か。

ウェルベックに興味をなくした王女は、今度はそのターゲットを私に向けたのだ。彼女は何かにつけて私を側に呼び、親しげに話し掛け、どんな場所にでも同行させるようになった。

私は彼女の専属女官だ。だから呼ばれるのは構わないのだけど、急激に懐かれれば、戸惑いもする。

だって、今までが今までだったのだ。

急に優しい声で呼ばれて、最初は「えっ!?」と彼女を二度見したくらいだった。

いや、確かに、これから仲良くしようと言われたけれども!

まさかここまで態度が変わるとは思わない。

私も驚いたが、それ以上に不快感を示したのがウェルベックだった。

彼は王女が私に懐き始めたのを見て、これなら自分の方にきていた時の方が気分的にはマシだったと真顔で文句を言っていた。

これはかなり本気で不機嫌になっている時のウェルベックだ。

今日も王女は私を侍《はべ》らせ、上機嫌だ。彼女の目の前にはバスボムが五つ置かれている。

私が彼女のために作った入浴剤。

リクエストされた『ラベンダー』の他にせっかくだからと『アップル』や『オレンジ』『シトラス』『レモンバーム』など色々な入浴剤を作ったのだ。

そのどれも彼女は気に入ってくれて、最近ではたまに一緒にお風呂に入ることもある。

……断っても、女同士だから構わないだろうと連れ込まれるのだ。

それに髪を洗って欲しいと言われればそれは仕事。諦めて浴室に行くしかなかった。

そんな感じで最近では寝る時以外はほぼ一緒にいるような状態。

同性だからか、少し前までのウェルベックより酷い。どうやら彼女は、常に誰かに依存していたいタイプだったようだ。

ミリアに聞いたのだが、ウェルベックの前はミリアに依存していたそうで、その時もかなり酷かったのだと言っていた。

お気に入りが変わるのは、一週間の時もあれば一年の時もある。どれくらい侍らせられるのかはその時その時で違うらしい。

私のことも、早く飽きてくれるといいけど。

今も王女はバスボムを前に嬉しそうな顔で私に聞いてくる。

「ねえ、ソラリス。今日はどの入浴剤がおすすめかしら。あなたはどれが好きなの？」

「いえ、私は別に。姫様のお好きなものでよろしいかと」

「ソラリスのおすすめが知りたいのよ」

「ええっと、じゃあ、アップルを。私はこの香りが最近好きなんです」

竜園国でもこのバスボムは愛用していた。

そのことを思い出しながら告げると、王女は「じゃあ今日はこれにしましょう」と楽しげに言った。

「ソラリスの作ってくれるバスボムを使うようになってから、本当にぐっすり眠れるようになったの。変な夢も見なくなったしここのところ体調がいいのはソラリスのおかげね」

「もったいないお言葉、ありがとうございます。お役に立てたのなら嬉しいです」

「ねえ、少し考えたんだけど、今日から私と一緒に寝ない？　ほら、ベッドは広いし、ふたりでも十分眠れると思うの」

「えっ、さすがにそれは……」

主人と一緒に寝るなど許されるはずがないし、私としても遠慮したいところである。

だけど王女はすでに計画を立て始めている。

「せっかくだもの。お揃いのナイトウェアを着たいわ。可愛いのがいいわね。ソラリスにはきっと似合うと思うの」

「姫様、ですから……！」

「ソラリスを抱き締めて眠れば、きっと怖い夢なんて金輪際見ないと思うのよ。ソラリスの胸ってフワフワでとても気持ちいいもの。その胸に包まれて眠れば、きっと幸せな気持ちになれるわ」

「姫様！」

とんでもないことを言い出した王女を必死で止める。ちなみに胸の感触については、二日ほど前一緒に入浴した際に知られてしまった。

あの時一緒に湯船に浸《つ》かることになってしまった私は、王女に「触ってみたい」と言われ、断ることができず、めちゃくちゃに胸を揉《も》みしだかれてしまったのだ……。

王女は「これがウェルベックを虜《とりこ》にしたフワフワおっぱいなのね！」と言いながら無心に私の胸を揉んでいた。私はどうしてこんなことになったのかと放心状態だった。

あの時のことを思い出し、乾いた笑いを零していると、護衛として控えていたウェルベックがカッと目を見開いた。

「は？　ソラリスの胸に包まれて眠る？　何を言っているのですか、殿下！　ソラリスは私の妻ですよ！」

いつも穏やかなウェルベックが嘘のように眦《まなじり》を吊り上げている。

だが、王女は全く気にしなかった。

「分かっているわ、そんなこと。でもね、それ以上にソラリスは私の専属女官なの。女同士仲良くして何が悪いの？　私の安全のためにも女官と一緒に眠るのは悪いことではないと思うわ」

「少しは夫の私に遠慮しようとは思わないのですか」

「全く思わないわ。あのフワフワおっぱいを独占しているウェルベックは、少しくらい寂しい思いをすればいいのよ」

ツン、とそっぽを向く王女。ウェルベックは「は？」と目を大きく見開いた。

「どういうことです？　先ほども気になったのですが、何故、ソラリスの胸が柔らかいことを殿下がご存じなのですか！」

「そんなの触らせてもらったからに決まってるじゃない。大きくて柔らかくて最高だったわ」

「勝手に触らないで下さい！　ソラリスは！　私の妻ですよ‼」

「だからなんだっていうのよ。心の狭い男は嫌われるわよ」

「残念でしたね、殿下。ソラリスは私にベタ惚れですよ」

ふたりが睨み合う。

少し前までとは全く違う光景に、首を傾げてしまいそうだ。今やウェルベックの方が王女に嫉妬している。

「とにかく！　一緒に寝るなんて絶対に許しませんからね」

「あなたに許可を求めてなんていないわ。私はソラリスに聞いているの」

「ソラリスは頷いたりしませんよ」

「あら？　それはどうかしら。ソラリス、私あなたと一緒に寝たいって思ってるんだけど、迷惑かしら？」

「う……」

潤んだ目を向けられ、私は言葉に詰まった。

なんだろう。妙に罪悪感を刺激される。

「その、迷惑というわけではありませんが、恐れ多いので遠慮させていただければと思います」

目を逸らしながら答えると、ウェルベックが「ほら！」と言いながら私の腰を引き寄せた。

普段は公私混同しないウェルベックが珍しい。

「そういうことですから、殿下はいつも通りおひとりで！　おやすみ下さい」

「嫌よ。ねえ、ソラリス。私、前々から思っていたの。寝室にひとりって危ないんじゃないかって。戦える女官が一緒にいてくれれば、すごく安心できると思うんだけど。ちなみにお父様は頷いて下さったわ。そう、これは正式な仕事なの」

「え……」

すでに国王に了承を得ているとは驚きだ。

しかし、命令で仕事だというのなら、端《はな》から私に拒否権はない。ウェルベックを見たが、彼は悔しげに呻いていた。

「……私の邪魔ばかりして楽しいのですか」

「ええ、楽しいわね。あ、その手を放してちょうだい。今は職務中なのだから、いくら夫婦といえどもイチャつきは禁止よ」

「くっ……！」

ぺしっとウェルベックの腕を叩く王女。ウェルベックは渋々私から手を放した。

「……これなら私にきていた時の方が百倍、いや万倍ましでした……」

「本当はずっと可愛いソラリスが気になっていたの。こうして素直になって、気持ちが解き放たれた気分だわ。もっと早くこうすればよかった」

「こうなることが分かっていたら、絶対にソラリスを女官になんてしませんでしたよ」

ギリギリという音が聞こえそうなほど歯を食いしばるウェルベックは本当に悔しそうだ。

王女が私に抱きついてくる。ふわりと良い匂いがした。

「ふふっ！　そういうわけだから、今夜から一緒に寝ましょうね。ああ、寝るのが本当に楽しみになってきたわ」

「……はい」

ウェルベックが鬼の形相になっていたが、私は見ないふりをして勤め人らしく大人しく頷いておいた。

◇◇◇

王女に添い寝をするようになった私は、ますます彼女に懐かれた。

今や王女の専属女官といえば、真っ先に私の名前が挙がるくらいだ。

建国祭の式典中は女官がひとりだけ付き従う決まりになっているのだが、それにも問題なく指名された。先輩女官たちに良い顔をされないのではと少し不安だったが、「最近、姫様はあなたのことがお気に入りだから仕方ないわね」と苦笑するだけで、虐められたりはしなかった。

ディミトリ王国のお城で働く人たちは、皆、良い人ばかりだ。私が竜園国の王女ではなく、ただの人間だったらこのままこの国に仕えてもいいかなと思ってしまうくらい、ホワイトな職場だった。

無事、式典の時の付き人に指名された私は、当日、朝早くから王女の着付けを手伝った。

もちろん他の女官たちも一緒だ。

着替えに化粧、そしてヘアメイク。決められた時間内で完璧に仕上げる必要がある。

「姫様、お綺麗です」

もとがいいというのもあるが、できあがった王女はとても美しかった。

結婚式かと見紛《みまご》うような白と銀のドレスがよく似合っている。

背が高く細身なので、非常にドレス映えがするのだ。

まだ成人していないというのに近寄りがたい美を感じる。将来がとても楽しみな姿だった。

着替えが終わると、ミリアが国の宰相と一緒に螺鈿《らでん》細工の宝石箱を持ってきた。

中には大きな宝石が嵌められた指輪が入っている。

至近距離では見ることが叶わなかったが、指輪の色は黄色で、透明感があって美しいということくらいは分かった。だけど――。

――あれ？

どこかで見たことがあるような気がしたのだ。そんなはずはないのだが、やはり記憶に引っ掛かる。

どこで見たのだろう。思い出せない。

――ま、いっか。

気にしても仕方ない。それにチラリと見えた程度なのだ。気のせいという可能性の方が高いだろう。

それより今は、早く指輪が私たちの探し求めるものなのかどうか確かめたいという気持ちの方が強かった。

だってあの指輪に近づくためだけにここまで来たのだ。これまでの道のりを思い出しながら、私は王女が自分の指に指輪を嵌めるのを見守った。

――まだ。まだよ。

焦っては駄目。チャンスを窺うのだ。

何せ指輪が宝珠かどうか、この距離でも分からないのだ。やはり実際に触れてみる必要がある。

私たちの作戦だが、ウェルベックと話し合い、指輪をすり替えるのは止めにした。

何故なら私が王女の女官として式典中、側にいることが決まったから。少しでも指輪に触れることができれば宝石が宝珠かどうか分かる。危険を冒してまですり替える必要はないのだ。

どこかのタイミングで、パッと触れればいい。何も感じなければハズレ。とても分かりやすい。

王女が指輪の嵌まった己の手を見ながら私に言う。

「これ、国宝なの。今はお父様から私が預かっているけど、将来的には私の夫になる人に渡すのよ」

「そうなんですか。そういえば、姫様には婚約者はいらっしゃるのですか？」

指輪に興味があると思われない方がいいだろう。

そう思った私は、話を別の方向へ向けた。王女が「婚約者ねえ」と嘆息する。

「縁談は降るように来ているらしいわ。でも、お父様が頷かなくて。自分の息子になるんだから、納得できる男でないとっておっしゃっているの」

「陛下は姫様のことを本当に大切に思っておられるのですね」

「お父様のお眼鏡に適《かな》う男性なんて本当にいるのか、最近では疑問に思うようになっているけど。もう誰でも構わないからさっさと決めて欲しいわ」

本気で思っているような声音に、思わず聞いてしまった。

「どなたでも構わないのですか？」

「ええ。お父様がよしとする男性なら」

「そう……ですか」

それが人間界の王族の一般的な考え方なのだろうか。

つがいという感覚を持つ竜人には理解できない話だ。

だけど、常識はそれぞれの世界によって違う。否定することはできない。

「良い人と結婚できるといいですね」

私に言えるのはこのくらいだ。

私の言葉に王女は頷き、深呼吸をした。

「さあ、今日は建国祭。大変だけど、一日頑張りましょう」

◇◇◇

建国祭は一年に一度あるとても大きな祭典だ。

国全体がお祭り騒ぎになり、王都でも一週間祝賀ムードが続く。

王都への入り口も検問がいつもよりも緩くなり、大勢の人が行き交う。外国からも人がたくさん来るので、はっきり言って治安は悪くなるが、その分中の警備は強化しているようだ。

いつもは国王の側にいる精鋭部隊が、この時ばかりは町中を中心に配備されるのだ。紫色の外套《がいとう》が目印の通称『ヴェルチェ』と呼ばれる部隊の姿は、国民に安心感を与える材料になっている。

皆が安心して騒げるように、王都の安全を分かりやすくアピールしているのだろう。そういうものが必要だということは、私も王族だから理解できる。

王族たちは、まずは城内で祭事を行い、そのあと城の近くにある大きな建物へと移動した。教会のように見えるこの建物は、ディミトリ王国代々の祖先が眠る場所らしい。

つまりは墓のようなものである。

王族は一年に一度、この中に入り、一年を無事過ごせたことへの感謝と祈りを捧げる。そのあとは国民への顔見せとして、王都を一周するパレードを行うのだ。

ウェルベックは護衛として王女の近くに控えている。私も彼女に飲み物を差し出したり、伝言を伝えたりするために側に控えていた。

ウェルベックはディミトリ王国兵士の式典用の正装姿だ。私はいつもと変わらない女官姿。間違っても女官が目立ってはいけないのだから、これは当然だった。

王女たちが祖先たちの眠る建物の中へと入っていく。この中には入れない。王族だけしか立ち入れないと決まっているからだ。

私たちは入り口で待機しながら、王女たちが出てくるのを待っていた。

三十分ほどが経ち、国王と王妃、そして私たちの主人である王女が戻ってきた。

今から馬車に乗り、パレードだ。

美しく装飾された馬車が彼らの前にやってくる。御者が扉を開けたその時、不自然に空が赤く光った。

「えっ⁉　何？」

何が起こったのか理解できず、棒立ちになる。

続いて爆発音が近くでし、地面が揺れた。砂埃が立ち上る。

「嘘！　魔法攻撃⁉」

しかも、王都の中で。

あり得ないと思ったが、実際に攻撃を受けている。

攻撃は連続して行われており、あちこちで爆発音や、それによって火事が引き起こされていた。

「にっくきディミトリ王国の王族どもめ！　お前たちに従わなければならない日々もこれまでだ‼

その命、もらい受ける！」

恨みの籠もった声に震える。

どうやら観衆の中に、敵がいたようだ。

話を聞くに、おそらくはディミトリ王国の属国のどこかが反旗を翻したのだろう。ここ五年ほどは大人しかったと聞いているが、力を蓄えていただけなのだと思う。

建国祭の期間は色んな人がやってくるし、入国審査も甘くなる。更に言うなら、いつもは王を守る精鋭部隊が離れる唯一の機会でもある。今、国王の警備をしているのは、実力はあっても咄嗟の事態に対応できない新人たちがほとんど。攻撃を仕掛けるには絶好のタイミングだ。

「もう！　五年、襲われなかったからって慢心してたんじゃないの？」

思わず言ってしまう。敵からしてみれば、これ以上なく狙いやすい機会。私ですら分かるのに、新人たちに警備を任せるなど、正気の沙汰とは思えない。せめてもう少し、経験者を置いておけば違ったのに。

最近、属国が大人しかったこともあり、大丈夫だと気を抜いてしまったのだろう。そこを突かれたのだ。

馬車の周囲にはたくさんの国民が集まっていたが、攻撃と敵からの宣言にパニックを起こし、逃げ出す人や泣き出す人、悲鳴を上げる人など様々だった。

「ソラリス！　あなたは殿下の護衛を！　私は迎撃します！」

「分かったわ！」

突然の攻撃に驚き、誰もが動けない中、真っ先に走り出したのはウェルベックだった。

私が頷いたのを確認したウェルベックが、他の兵士たちに怒鳴る。

「何をしているんですか！　あなたたちは、誇り高きディミトリ王国の兵士でしょう！　今動かなくていつ、動くというんです！　ここは私たちが引き受けますから、あなたたちは逃げ遅れた人たちの避難と救助を！　いいですね！」

「あっ……ああ！」

ウェルベックに怒鳴られ、我に返った兵士たちが次々と弾かれたように駆け出す。

彼の言葉を素直に聞き入れたのは、彼が凄腕の冒険者だと皆、知っているからだろう。急な事態でどうすればいいか分からない中、指示してくれたのは明らかに自分たちより格上だと分かっているウェルベック。それは彼らにとって従う理由になり得たのだ。

「っ」

唇を噛み締める。

私も王女を守りに行かなければならない。

「あ……」

王女がどこにいるのか確認すると、彼女は国王たちと一緒に馬車の陰で震えていた。頬に軽い擦り傷を負っているようだが、他に怪我らしきものはない。そのことにホッとした。

国王や王妃も無事のようだ。

彼らの近くに、護衛はいない。

いや、いるにはいるのだが、先ほどの魔法攻撃でかなりのダメージを負ったらしく、近くに倒れていた。生きてはいるが重傷だ。

きっと咄嗟に己を盾にし、主人である王族たちを守ったのだろう。新人ながら、素晴らしい行動力だ。だけどそのせいで、今、彼らを守る人は誰もいなかった。

「めでたい席で無粋ですね。もっと時と場所を考えなさい」

ウェルベックが攻撃元を見定め、連続で魔法攻撃を放っていく。彼の攻撃は精度が高く、確実に一撃で相手を無効化していた。

「あっ」

ウェルベックが向いているのと反対方向から、攻撃が来る。彼は気づいていない。このままだと王女たちに直撃するのが確実だった。

――間に合わない。いや、間に合わせる！

手を伸ばし、彼らを守るように結界を張る。結界は攻撃を跳ね返すのではなく、吸収した。王女たちが目を丸くする。

「な、何……今の」

「大丈夫ですか？　姫様！」

駆け寄ると、王女がぱちぱちと目を瞬かせた。

「ソラリス……え、今のはソラリスが？」

「ええ、そうです」

驚く王女に頷く。

「魔法攻撃を吸収する特殊な結界を張りました。反射型にすれば、国民や建物に被害がいきますので。この中にいれば安全です。決して、外に出ないで下さい」

「えっ……ええ……」

王女たちが頷く。それを確認し、ウェルベックに声を掛けた。

「ウェルベック、こちらは大丈夫よ。姫様たちは保護したわ。後ろは私が対応するから、そちら側をお願い」

「分かりました」

返事を聞き、先ほど攻撃してきた辺りを窺う。かなり距離があったが、竜人の視力の前では問題ない。外国人らしき男が、また、攻撃しようと魔力を溜めている。

「あそこね」

男が魔力を放つ。第二弾の攻撃が来た。それは再び結界に吸収され、消え失《う》せた。攻撃元が分かった私は、結界を維持したまま、そちらに向かって同じく魔法攻撃を放った。

無差別攻撃ではない。狙い定めたひとりを攻撃するための魔法だ。

それは矢のように走り、目的の人物を間違いなく射貫いた。

「……次」

人間を攻撃してしまったことに痛みを覚えつつも、今は嘆いている場合ではないと振り切る。

敵はひとりではない。どうやらかなりの人数が、王都に潜り込んでいるようで、あちらこちらから絶え間なく攻撃が行われていた。

直接武器を持って乗り込んでこないのは、捕まるリスクを考えてのことだろう。遠距離からの攻撃の方がいざという時逃げやすいし、見つかりにくい。

だが、それは相手が人間だった時の場合だけだ。

私もウェルベックも、どこから攻撃されているのかばっちり見えている。見えているなら対応するのも簡単なので、ウェルベックは前方を、私は王女たちを守りながら彼の日の届かない後方を担当し、反撃を続けた。

攻撃が苦手だなんて言っていられない。ウェルベックも戦っているのだ。私も頑張らねばという気持ちだった。

「……」

どれくらい時間が経ったのか、気づけばそこに立っているのは私とウェルベックだけになっていた。

他にいた護衛たちは避難と救助のためこの場にいない。敵兵も全て倒れて、苦痛を訴える声だけが辺りに響いていた。

「終わりましたね。近くに敵兵はいないようです」

ウェルベックが振り向く。私は頷き、結界を解除した。王女に笑い掛ける。

「姫様。もう大丈夫ですよ」

「ソラリス‼」

よほど怖かったのか、王女が泣きながら私に縋りついてくる。その身体を受け止めた。

「大丈夫ですか？　頬以外にお怪我は？」

「ないわ。大丈夫。だってソラリスたちが守ってくれたもの」

「それなら良かったです」

私にしがみつき、グズグズと泣きじゃくる王女を抱き締め、その背を撫でる。国王たちもふらつきつつこちらにやってきた。

「お前は娘の女官か？　我らを助けてくれて感謝する」

「はい、陛下。ご無事で何よりです」

頭を下げたかったが、王女が離れないので仕方ない。国王も構わないと頷いてくれたので、そのままの体勢で話した。

「私と夫のふたりで、襲撃者は全員片付けたと思います。怪我を負わせましたが、命までは奪っていません」

「そうか、よくやってくれた。お前の夫というのはSランク冒険者のことだな？」

「はい」

そういう認識だろうとは思っていたが、予想通りだ。文句を言っても仕方ないので大人しくスルーする。

「Sランク冒険者が破格に強いとは聞いていたが、お前も実に凄まじい、良い働きをしてくれたな。とても女性とは思えない。お前のような女官が娘についていてくれて、実に運が良かった」

国王が何度も頷く。王女が私にしがみついたまま言った。

「ソラリス、すごく強かったわ。ウェルベックもだけど、なんかもう……別次元って感じだった。私たちを守りながらたったふたりで戦っているのに全然余裕だったし。ねえ、ソラリス。あれが全力ってわけじゃないのよね？」

「ええ、まあ。そうですね。あの程度なら私ひとりでも問題ないかと」

大した攻撃でもなかったし、迎撃は簡単だった。正直に答えると、何故か周囲がしんと静まりかえる。

「？」

「す、すごいのね。ソラリスは……とてもCランクの冒険者には思えない。ウェルベックと同じSランクと言われた方が納得だわ」

「私はランクに興味がないので」

「あれだけ凄まじい力を持っていてか……」

愕然としたように国王が呟く。それに首を傾げながら頷いた。

「そうですね。それに凄まじいなんて言いすぎです。私は戦うのは苦手だし、魔法もあまり上手くありませんから。私なんかよりよほど夫の方が強いかと。戦闘だけでいえば、国にはもっと強い者などいくらでもいますし」

皆の表情が固まった。国王が顔を引き攣らせながら確認してくる。

「……お前たちの国には、お前たちのような猛者が山ほどいると、そういうことか？」

「ええ。とはいっても、皆、平和主義ですからよほどのことがない限り暴れたりしませんけど」

軽く答え、口を噤《つぐ》む。

これ以上竜園国や竜人の話をするつもりはなかった。

国王たちは衝撃を受けたような顔をしていたが、気を取り直すように首を振り、声を張り上げた。

「敵兵を捕らえよ。全員地下牢《ろう》に閉じ込めておけ！」

「はっ！」

話している間に、国民たちの避難や救助を終えた兵士たちが戻ってきたのだ。ヴェルチェの面々も、町中での持ち場を離れ、ひとり、またひとりと君主である国王の下に集ってくる。彼らは国王の命令に、敬礼して答えた。

私も彼らと一緒に動いた方がいいのかなと思ったが、未だ王女が私から離れようとしないのでうしようもない。

——あ。

偶然、彼女の指輪に触れた。

感覚を研ぎ澄ませる。宝珠ならば何らかの反応、もしくは何か感じられるかと期待していたが、悲しいほどに何もなかった。

これはなんの力もない、ただの宝石だ。

「……ハズレ、か。ただの宝石だったのね」

小さく呟く。ここまで労力を使ったのだ。実は結構期待していたので、落胆は大きかった。

指輪の宝石は私たちが探していたものではなかった。

残念だが仕方ない。この五年、いつもそうだった。今更、落ち込むのも違うだろう。

「ハズレ？　なんの話だ」

呟いた独り言に、何故か国王が敏感に反応した。どうしてそんな態度を取られるのか分からず、戸惑う。

「え……いえ、なんでもありません」

「なんでもないはずがないだろう。今、お前は『ハズレ。ただの宝石だった』とはっきり言ったではないか。まさかとは思うが、それは我が国の国宝の話ではないだろうな」

「と……とんでもない……」

なんだか雲行きが怪しい。

危険を感じた私は王女の身体を離し、国王から距離を取った。ウェルベックがこちらにやってくる。国王のことを無視し、私に話し掛けてくる。

「ソラリス。……どうやら違ったみたいですね」

「ウェルベック、ええと……そうね。私たちが探していたものではなかったわ。……残念だけどあの宝石にはなんの力も感じない」

「なんだと⁉」

ウェルベックだけに聞こえるよう告げたつもりだったのだが、国王は聞き逃さなかった。眦を吊り上げ、私を睨みつけてくる。

「どういうことだ！　なんの力もないだと？　娘に預けている指輪は我が国の国宝、秘宝だぞ！　膨大な魔力を中に有する祖先から伝わった由緒正しい宝石だ‼」

「……」

ムキになる国王に、私は否定も肯定もしなかった。

人間と竜人では見ているところが違う。私にはなんの力も感じなかったが、もしかしたら何か違う要素があるのかもしれないと思ったからだ。

とにかく、探し物とは違うと分かったのだ。この国に長居する必要はない。

国王はまだ私に対し怒鳴り散らしていた。

宝石をハズレだと言われ、よほど腹に据えかねたのだろう。それは聞かれてしまった私が迂闊《うかつ》だったと思う。

無礼な発言をしたのだ。投獄も覚悟したのだが、国王はものすごく怒ってはいたものの、私を捕まえるとは言わなかった。

「……本来なら投獄のあと、処罰を下すのが妥当ではある。だが、お前たちにはたった今、命を救われたばかり。それを忘れるほど私は落ちてはいない。……我が国の宝を馬鹿にしたこと、非常に業腹ではあるが、今回の件は不問にする」

「……申し訳ありませんでした。寛大なお心に感謝します」

頭を下げ、恭順を示す。そうして隣で同じように頭を下げているウェルベックと視線を交わした。

──潮時ね。

──ええ、そうですね。ここを出ましょう。

目と目で会話をし、小さく頷く。

王女と別れるのは少し寂しいけれど仕方ない。

できるだけ早く、可能ならば明日にでもこの国を出ようと、心に決めた。

◇◇◇

次の日の朝。

私とウェルベックは、ふたり揃って国王に呼び出された。

職を辞するという話はまだしていない。話せば引き留められることは分かっている。それくらいには王女に懐かれている自信はあるのだ。

なんの話だろうと思いながらも呼び出された謁見の間に行く。

そこには国王だけではなく王妃と王女もいて、私たちを待っていた。

「お前たちの強大な力。是非、我がもとに留めておきたい。……こちらに」

国王の命令を受けて兵士が恭しく盆を掲げ持ってくる。その上には布袋が載っていた。代表してウェルベックが受け取る。

驚いた顔をしたので、どうやらかなりの額が入っているらしい。

「ささやかではあるが、まずは金を用意した。あと、お前たちには国の正規軍にも入隊してもらおうと思う。それだけの強さがあるお前たちがいれば、戦争でもきっと無敗に違いない。ふふふ……楽しみにしておるぞ」

いやらしい笑みを浮かべる国王。

戦争をよくしている国とは聞いていたが、どうやら私たちの戦闘力を、戦争にも使おうと考えたらしい。

「……」

なんとなくそうなるような気はしていた。

利用できるものは利用する。それは当然のことと理解していたからだ。

それでもどこかがっかりしてしまう。

少しだけ、王女が止めてくれるのではないかと期待していたのだ。王女を見ると、彼女は申し訳なさそうに顔を伏せた。それで察する。

止めてくれようとはしたのだろう。だけど上手くいかなかった。そういうことだ。

ウェルベックが受け取った袋を置き、頭を垂れる。

「申し訳ございませんが、陛下。そのご命令には従えません。私たちは、今日でお暇《いとま》をさせてもらおうと思っています」

「何？」

ウェルベックの言葉に、その場にいた全員がギョッとした。王女も驚き、私を見る。それに私は微笑むだけで応えた。

「元々この国に長居するつもりはなかったのです。私たちには帰る国がありますから」

「……祖国に帰るというのか」

「今はまだですが、いずれは」

ウェルベックが静かに答える。国王は納得できない様子だった。

「それなら何故、一時でもこの国に仕えようと思ったのだ」

「腕試しに武術大会に出ようと思ったのです。優勝賞品がまさか殿下の護衛だとは思いもしませんでした」

「知らなかったと、そういうのか」

「はい。知ったのは、優勝が決まったあとでした」

堂々と嘘を吐くウェルベック。国王は苦い顔をしていた。

「優勝が決まったあとで今更それは要らないとは言えませんから。元々、ある程度義理を果たしたら出ていこうと思っていました。この国の兵士にはなれませんし、職を辞するには良いタイミングだと考えています」

「……それなら今のままでいい。兵士になれとは言わん。今のまま、娘の護衛と女官という立場でいいからこの国にいてくれ」

「残念ですが」

ウェルベックの言葉に私も頷く。

この国にこれ以上留まる理由はどこにもないのだ。宝石は私たちの探す宝珠ではなかった。それなら私たちは次へ向かわなくてはならない。

国王が絞り出すような声で言った。

「……お前たちは強い。その力を逃したくないのだ。長く我が国に留まって欲しいと思っている」

「評価していただけるのは有り難いですが、私たちにも目的がありますので。お話は以上でしょうか。それでは私たちは失礼致します」

ウェルベックが立ち上がる。私もそれに倣った。

国王はしつこく私たちを引き留めようとしたが、私たちは振り返らなかった。

謁見の間を出て、廊下を歩く。

誰も聞いていないことを確認して、ウェルベックが言った。

「今日中にこの国を出た方がよさそうですね」

「ええ」

彼が言いたいことは分かる。私たちを引き留めるために、国王が強硬手段を取るのではないかとウェルベックは危惧しているのだ。面倒なことになる前に国を出たい。その意見には賛成だった。

「ソラリス！　ウェルベック！　待って‼」

城から出るため、急いで廊下を歩いていると、後ろから王女の声が聞こえてきた。思わず立ち止まる。

「姫様……」

謁見の間から走って追いかけてきたのだろう。王女は肩で息をしていた。

私たちの前まで来ると、荒くなった呼吸を整え、私たちの顔を見てくる。

「本当に行ってしまうの？」

「申し訳ありません。陛下に申し上げた通り、私たちには目的がありますから。この国にはいられないのです」

「それって……私が持っている指輪に関係してる？」

「っ……」

ズバリ尋ねられ、一瞬どう答えていいものか迷った。ウェルベックを見る。彼が頷いたのを確認し、私は口を開いた。

「……ええ。別に隠してませんから言いますけど、私たちは黄色い宝石を探していることでも有名な冒険者なんです。黄色であればなんでもいいわけではない。大昔に失ってしまった宝石。この世界のどこかにあるはずの宝石を求めて世界中を旅しているんです」

「それで昨日、ソラリスは『ハズレ』だって言ったのね……。私の持つ宝石が、あなたたちの探しているものとは違ったから。そういうこと？」

「……はい」

ここまでくれば、誤魔化すことも嘘を吐くことも意味はない。そう思った私は素直に頷いた。

「そう……」

王女がじっと私の目を見つめてくる。そうして周囲に誰もいないことを確認すると、小声で言った。

「これはね、王族しか知らない話なんだけど、あなたたちには教えてあげる。あの宝石、偽物だって言ったソラリスは、本当は正しいの。本物は、二百年ほど前に割れてしまったから」

「え……」

言葉を失う。王女を凝視すると彼女は頷いた。

「だから昨日、お父様はあなたに『ハズレ』だって、『なんの力もない』だって言われてあんなに怒ったの。だってあの指輪は偽物なんだもの。本物に似せて作られただけの偽物の指輪。それを暴露されたからお父様は怒ったのよ」

「……」

「私も聞いただけだから詳しくは知らないけど、失われた宝石は本当にすごかったそうよ。溢れんばかりの魔力が中に秘めてあって、誰も触れることができなかったくらいなんだから。魔力が強すぎて、触れた人間が変質してしまうの。だから直接触れずに済むように、なんとか指輪に加工したらしいんだけど……やっぱり上手くいかなくて仕方なく箱に入れて保管していたそうよ。特別な、王家に伝わる指輪としてね。でもある日、不注意で箱ごと落としてしまったの。慌てて箱を開けたらね、真っ二つに割れていたって。誰もが分かるほど溢れていた魔力も消えてしまっていた。おかしいでしょ。空から落ちてきた宝石なのよ？　それが少し落としただけで割れてしまったなんて話を聞いた時、私信じられなかったわ」

王女の語る言葉を、私とウェルベックはただ、無言で聞いていた。

「国を継ぐのに宝石はどうしても必要だった。だから私たちの祖先は、似たような宝石を見つけ出して台座に嵌め直し、それを新たな国宝としたわ。割れたなんて言えないもの。それから二百年、誰も宝石の真実に気づかなかった。あなたたちが来るまでは」

口を閉じ、王女が真剣な目で私たちを見る。

「私からの話は以上よ。……あなたたちの探しているものとは違うかもしれないけど、少しは役に立てたかしら」

「……ありがとうございます。ですが、何故？　してはいけない話なのでしょう？」

教えてもらえた話はとても有り難いもので、まさに知りたかったことだったのだが、どうして王女が今、私たちに話してくれたのかが分からなかった。

王女が苦く笑う。

「だってあなたたちは私たちの命の恩人だもの。特にソラリス。あの時あなたに結界を張ってもらわなければ、私はあの場で死んでいたでしょう。命を救ってもらったお礼よ。これくらいのことは話さなくちゃ、不公平だと思うわ」

そうして彼女は私たちから離れ、笑顔を作った。

「さようなら、ソラリス、ウェルベック。あなたたちが、無事、目的を達せられるよう祈っているわ」

「さようなら、姫様」

互いにさよならを告げる。

もう二度と会うことはないと、私たちは分かっていた。

◇◇◇

城から出た私たちは、とりあえず急ぎ王都を脱出した。西へ向かう。

目的地は西側にあるとある国だ。以前、二カ月ほど逗留《とうりゅう》したことがあり、ギルドの場所や店などある程度の知識があるので次の拠点にしやすいと考えた。

早足で歩いているが、ふたりとも無言だ。頭の中ではグルグルととある考えが浮かんでは消えていた。おそらくウェルベックも同じなのだろう。

人通りは私たち以外にはなく、誰も聞いている人がいないと確認した私は立ち止まり、彼に語り掛けた。

「ウェルベック……先ほどの話なんだけど」

「……」

ウェルベックが立ち止まる。彼は私を複雑な表情で見つめ、頷いた。

「ええ、多分、殿下の言っていた、二百年前に割れてしまったという本物の宝石こそが、私たちの探す宝珠だったのでしょうね」

「……やっぱりそう思うわよね」

はあ、と地面に向かって溜息を吐いた。

ものすごい徒労感だ。

まさか、すでに宝珠が割れて失われていたとか、誰が思うだろう。

「そりゃあ、宝珠の気配が摑めないはずよね」

父は宝珠の気配は、地上にさえ降りればすぐに分かるはずだと言っていた。

それが全く感じ取れなかったから、しらみ潰しにしていたのだが、なんのことはない。存在しないから何も感じなかったのだ。

「真面目な話、落としただけで宝珠って割れてしまうようなものなのかしら」

王女の話には大部分で納得したが、唯一そこだけは私も疑問だった。

竜園国から落ちてきた時ですら、宝石は無事だったのだ。力を秘めたまま地上に存在していた。

それなのに、少し落としただけで真っ二つに割れる？　信じられない。

「私もその点に関しては、疑問に思いました。竜王の宝がそんな程度で割れるのかと。普通にあり得ません」

「でも、実際、宝珠の気配はないのよね。この世界に存在しないのは確実なんだと思う……」

何度感覚を研ぎ澄ませても、宝珠の気配らしきものは感じない。

宝珠はこの世界にないのだ。

「どうしよう。宝珠がないと、竜王の即位ができない……」

ディミトリ王国のように、偽物を用意することも不可能。

だって宝珠は単なる宝石ではないのだから。膨大な魔力を内に秘めた特別な宝石。代わりなど見つけられるわけがない。

「……」

すっかり行き詰まってしまった。

ウェルベックが眉を下げながらも私に言う。

「とりあえず、もう少し先に町がありますから、そこで今夜の宿を取りましょう。一旦、休憩して、これからどうするのか考えるべきだと思います」

「……そうね。結論を出してしまうのは早いわよね」

「その通りです」

この五年の頑張りが無駄だったと、今だけで決めつけるのはまだ早い。

腰を落ち着けて、他に方策はないか。私たちが今話したことが間違いではなかったか、じっくり検討する必要がある。

できれば今日中にディミトリ王国を出たかったが、距離的にも難しそうだし、どこかで一泊するのが妥当だろう。

しばらく歩くと町が見えてくる。

いつも通り検問で身分証を見せ、中に入った。宿屋を見つけ、一泊分の料金を支払い、用意された部屋の中に入る。

ベッドの上に転がると、身体から力が抜けた。どうやら相当緊張していたらしい。

「……最悪、追っ手がかかるかと思っていたけど、大丈夫そうね」

王女のことは心配していなかったが、国王の様子を見る限りでは、私たちを諦めたようには見えなかった。

昨日、私たちはたったふたりで属国からの攻撃を無効化し、迎撃した。

国の戦力となる私たちを、国王が諦めるだろうか。実際に力を見た国王がそう簡単に私たちを手放すとは思っていない。それは彼の態度からも窺えた。

「ええ、私もそれは思っていました。王都からは出られましたから、見つかりにくいとは思いますが、できれば早めに国を出たいですね」

「そうね。面倒なことになる前に出ましょう」

ベッドに転がりながら、両手を伸ばす。ウェルベックはそんな私を見ながら、いつも通り部屋に防音の結界を張った。奥のテーブルにあった水差しを使い、コップに水を入れてくれる。

「どうぞ」

「ありがとう」

起き上がり、コップを受け取る。中に入っていた水を一息に飲み干し、ほうっと息を吐いた。

ボソリと呟く。

「……宝珠はこの世界にはない……か」

改めて言葉にすると、ズシンときた。探し物がすでにこの世界からなくなってしまっているという事実がじわじわくる。

ウェルベックが私の隣に腰掛けた。

「壊れた本物の宝石というのが、宝珠ではなかったというオチもあるとは思いますが……」

「ウェルベックも分かっているでしょ。おそらくそれはないわ。姫様が教えてくれた失われた宝石こそが宝珠で間違いない。だって、それなら私が宝珠の気配を感じ取れない説明がつくもの」

そう思いたい気持ちは分かるし、私だってそれが真実ならどれほど良かったかと思うが、多分、それはない。

説明がつくというのもそうだし、何より「失われた宝石が宝珠だった」と私の中の何かが騒ぐのだ。

「そう……ですね」

きっぱりと告げると、ウェルベックも肩を落とした。

人間界にやってきて五年。なんとか今までやってきたけれど、まさかこんな結末になるとは思わなかった。

来た当初は、すぐに宝珠を見つけて、手に入れて帰るだけだと信じていたのに。

現実はこんなものだ。

「……」

手を組み、じっと考える。これから先、私たちはどうしようか。

宝珠がなければ、竜園国へは戻れない。だけどないものは探しようがないから、父に報告するために戻るのがいいのだろうか。

一応、今まで集めてきた宝石も一緒に持っていって提出しようか。

それなりに努力したのだと、この結論に至るまで、色々頑張ったのだとせめてアピールくらいはしたい。

「……ん？」

今まで集めてきた黄色い宝石や、それがついたアクセサリーの数々を思い浮かべ、あることに気がついた。ベッドから立ち上がる。無造作に放り出された鞄を手に取った。

私の思い違いかもしれない。だけど、もしかしたら。

「ソラリス？」

急に動き出した私にウェルベックが怪訝《けげん》な目を向けてくる。それを無視し、私は鞄の中から今まで私たちが集めてきた宝石やアクセサリーを取り出し始めた。

加工していない宝石に、ネックレス。そして指輪。

「やっぱり……」

指輪を取り出し、それを確認した私は、もしかしてと考えたことが事実かもしれないと思い始めていた。

「……ウェルベック」

様子を窺っていた夫の名前を呼ぶ。彼からはすぐに返事があった。

「なんですか？」

「この指輪、覚えてる？」

「……この間、海で見つけたものでしょう。最近のことですのでさすがに覚えていますよ。それが何か？」

私が何を言いたいのか、ウェルベックはまだ分からないようだ。でも、それも仕方ないのかもしれない。彼は私ほど王女の近くにいなかった。あの指輪をきちんと見ていないのだ。

「この指輪ね、王女がしていた偽物とそっくりなの。ううん。そっくりというだけじゃない。多分、この台座の部分、同じものなんだわ」

「え……？」

驚くウェルベックに思いついた推論を話していく。

「昨日、王女の指輪を見た時、既視感があったの。どこかで見たことのあるデザインだなって。その時は気づけなかったんだけど、今、分かった。王女の指輪は私が今持っている、海から見つけ出した指輪と同じなの。もちろん、宝石の部分は違うけどね」

「……」

話を聞いたウェルベックが黙り込む。

そうして私に鋭い視線を向けてきた。この目を、表情を私は知っている。竜園国の宰相としての顔だ。

「続きを聞かせて下さい。まだ話は終わりではありませんよね？」

「ええ」

表情から分かる。おそらくウェルベックは察してくれた。私が言いたいことを理解してくれたのだと思う。

だけど答え合わせは必要だ。

「どうしてひとつしかないはずの指輪が、同じ時代にふたつ存在しているのか。私が考えたのはこうよ。昔、誰かが時を遡り、本物をその指輪とすり替えたから。そしてそのあと、すり替えられた指輪は誰かの不注意により落とされ、割れた。そりゃあ割れるわよね。この指輪についている宝石にはなんの力もない、ただの宝石なんだもの。当然だと思うわ」

「そして割れた指輪を見て、焦ったディミトリ王国の王族は新たな宝石を探し、指輪の台座に石を嵌め、現在に至っている。そういうことですね？」

「そうよ。そして時を遡った『誰か』というのはおそらくは私たち。いえ、正確にはこれからの私たち、でしょうね」

時を遡る。普通ではできないことだ。

だけど、私たちにはそれができる。

何故なら、それが可能になるアイテムを持っているから。

父が鞄の中に入れてくれていたアイテムの中にその名前があったことを私は覚えている。

「『時の宝珠』。過去に行くことができる竜園国の国宝のひとつ。これがあれば過去に飛び、宝珠を手に入れることができるわ。時の宝珠が入っていると知った時は、お父様は何を考えているのかしらって首を傾げたけどね。こうなってくると、この展開を読んでいたのかとすら思えてくるわね」

時の宝珠は、私も一度だけ使ったことがあるアイテムだ。

父の依頼で、日本の皆の記憶を消し、梅昆布茶を取りに行った時に使用した。

どのように使えばいいのか、もちろん覚えている。

「時の宝珠で過去に飛び、沈没船で見つけた指輪と宝珠を入れ替える。成功するのは間違いないわ。だって今、この世界に宝珠は存在しないんだもの。つまりそれは、過去の時間軸で今より未来の私たちが宝珠を回収するのに成功したってことでしょう?」

「ええ、それで間違いないでしょう」

「こうなると、世界中の黄色い宝石を集め回っていたのも無駄ではなかったって話になるわね」

特に、沈没船での指輪の回収。

あれがなければ、今、私たちはこの結論に達することができなかっただろう。

あの時指輪を回収していたからこそ、この話ができたのだ。

私は指輪を握って立ち上がった。そうと分かれば、さっさと行動してしまいたい。

「行きましょう、ウェルベック。宝珠が存在した時代へ。そうして宝珠を回収するのよ」

「ええ、行きましょう。ようやく、宝珠の尻尾を掴んだんです。さっさと回収して、一刻も早く竜園国に戻りましょう」

ウェルベックの言葉に頷く。

時の宝珠を取り出し、自らが願う過去へと時を渡る。

ついにやってきた、本物の宝珠を手に入れる機会。

このチャンスを逃す気は、私にもウェルベックにも到底なかった。

第五章　宝珠

時の宝珠を使い、過去へとやってきた。

今回は前回とは違い、異界渡りをする必要はない。過去へ戻るだけなので簡単なものだ。

私たちが立っていたのは、何もない荒野。

今までいた宿屋も町もなくなっていたことに驚いたが、ここは三百年ほど前の世界だ。その頃はまだ町すらできていなかったとそういうことだろう。

「ソラリス。どうですか？」

ウェルベックが私に尋ねてくる。それに頷いた。

「ええ、感じるわ。宝珠の気配を。ビンビン伝わってくる」

この世界に着いた瞬間から、私は宝珠の気配を感じ取っていた。

気持ちを集中させる必要もない。あまりにも存在感がありすぎた。

「こんなにはっきり分かるものだったなんて。知っていたら、すぐに宝珠が存在しないことに気づけたのに……」

直接触らないと、宝珠と分からないのではないかと考えていた自分が馬鹿みたいだ。

これなら世界中、どこにいても宝珠の存在を感じ取れるのではないだろうか。

「……今、宝珠は王都にあるみたいね」

今朝方までいた王都の方角を指し示す。ウェルベックも頷いた。

「無事、宝珠のある時代へ飛べて何よりです。目的地は王都。おそらくは城、でしょうね」

「ええ」

宝珠はディミトリ王国の国宝として管理されているのだ。

宝物庫に保管されていると考えるのが正しいだろう。

「宝物庫の位置を探す必要はないわ。どこにあるのか、手に取るように感じ取れるもの」

「なるほど。では、今回は護衛や女官として入り込む必要はないということですね？」

「ええ。前とは事情も違うしね」

前回私たちが武術大会に出場してまで正攻法で城に入ろうとしたのは、探し物が宝珠であるかどうか確信がなかったからだ。

もし宝珠でなかったら、引き続き人間界で活動を続けなければならない。そうなった時のことを考え、できるだけ穏便な方法を取ったのだ。

魔法を使って全員眠らせて宝物庫を探すということも考えないではなかったが、そもそも宝物庫が城のどこにあるのかすら分からないのでは探しようがない。

だからわざわざ潜入して、王族の側近くに仕え、建国祭の日を待った。目的のものが確実に出てくる時を狙ったのだ。

だけど今回はそんなことする必要はない。

「宝珠がどこにあるのか分かるんだもの。ぱっと行って、ぱっと入れ替えてきましょう。実行は夜がいいと思うわ。城中に眠りの魔法をかけて、皆が寝静まったら行動に移しましょう」

「それが手っ取り早いですね」

作戦は決まった。

まずは王都へ向かう。王都に入場する際、検問はどう誤魔化そうか、いっそのこと誰もいないところから壁を越えていくのもありかと考えたのだが、幸いなことにそれはせずに済んだ。

三百年前のこちらの世界は、拍子抜けするほど平和だったのだ。

それはどういうことかというと、検問自体がなかった。王都は誰でも自由に入ることができたのだ。

「こんなに簡単でいいの……?」

現在のしっかりとした体制を知っているだけに驚いた。

三百年前はこんなにも警備がザルだったのか。王都に住む人の様子を見れば、皆、とても明るく良い表情をしていて、平和を満喫しているのが分かる。

現在とは違い、戦争もあまりしていないのだろう。皆、平和ぼけしているというか、表情が穏やかだった。

「昔の方が平和だったのね」

「そういうものですよ。しかし困りましたね。さすがに三百年前の貨幣は持っていません。宿に泊まるのも難しそうです」

「あ、そうね……」

三百年間、同じ貨幣ということはないだろう。それに使えたとしても未来の貨幣をここで使うのは好ましくない。

「仕方ないわね。夜まで王都をぶらぶらして過ごしましょうか」

「確かに。それが一番良さそうです」

休憩したいし、ご飯も食べたいと思ったが、どうしようもない。

デート気分で、夜まで王都を彷徨くくらいしか方法はないのだ。

「ええっと、じゃあ、まずは大通りの店でも見て回って――」

「捕まえてくれ‼　ひったくりだ‼」

「え……」

叫び声に反応するのとほぼ同時に、鞄を脇に抱えた男がこちらに逃げてくるのが見えた。彼の後ろには恰幅のいい男性がいて、地面に膝をつき、叫んでいる。

「泥棒！　スリだ‼」

男性の必死な様子。そして逃げている男を見て、私は叫んだ。

「ウェルベック！　捕まえてあげて！」

「分かりました」

ウェルベックが逃走する男の行く手を塞ぐ。彼を見て男は驚いたが、気にせず突っ込んできた。

このまま突き飛ばしていこうと思ったのだろう。だが、ウェルベックがそれを許すはずがない。

「え、うわああっ‼」

男の腕を掴み、バランスを崩させる。みぞおちに鋭い膝蹴りが入った。

「がはっ……！」

容赦ない攻撃に男が気絶し、地面に倒れる。それをウェルベックは睥睨した。

「殺されなかっただけでも幸運だと思いなさい」

「……」

男は答えない。完全に気を失っているのだ。横に落ちた鞄を拾い上げる。やれやれ片付いたと思っていると、周囲からパラパラと拍手が起こった。

「えっ……」

驚いていると、ウェルベックに拍手をしていた人たちが口々に言った。

「兄ちゃん、強いな！　驚いたぜ！」

「ひったくり犯を一撃！　見たことない顔だが、この辺りの者かい？」

「いやあ、スカッとしたねえ」

そして「泥棒」と叫んでいた人もやってきた。

ウェルベックと私に向かって、頭を下げる。

「ありがとう、ありがとう。本当に助かった。それには先月分の店の売上げが入っていて、盗まれたら大変なことになるところだったんだ」

「そうだったんですね」

男性に鞄を返す。彼は鞄の中を確かめ、安堵したように笑った。

「ああ、良かった。無事だ……。おふたりとも本当にありがとう。改めて礼を言うよ。それで……そのもしよかったら、私の店に来てくれないか。お礼に店で食事をご馳走《ちそう》させて欲しいんだ」

「えっ、いいんですか？」

思わず聞き返すと、男性は「もちろん」と頷いた。

「こんなものではお礼にもならないけど、是非。お腹いっぱい食べていってくれると嬉しい。さあ、私の店はこっちだよ」

ウェルベックと顔を見合わせる。

「……どうする？　まさかこんな展開になるとは思わなかったんだけど」

「そうですね。ソラリスはどうしたいですか？」

「……私は、有り難いなって思うけど」

夜中まで一文無しで王都を歩き続けるというのは、できれば避けたい。そして手段があるというのなら全力で乗りたかった。

私の言いたいことが分かったのだろう。ウェルベックは頷いた。

「分かりました。それではお願いすることにしましょうか。休憩できるのは嬉しいですし、空腹のままというのも辛いですから」

私とウェルベックのやり取りを聞いていた男性が破顔した。

「お、話は決まったかい？　私の店はすぐ近くだし、本当に遠慮しなくていいよ。お礼だと思って受け取ってくれればそれが一番有り難いんだ」

「ありがとうございます。それではお言葉に甘えさせていただきます」

「止めてくれ。助けてもらったのはこちらなんだから」

ウェルベックと一緒に頭を下げると、男性は慌てた様子で私たちの顔を上げさせ、自分の店へと案内してくれた。

「ここが私の店だよ。空いている場所ならどこでもいいから座ってくれ」

連れてきてもらったのは大通り沿いにある一際大きな店だった。

飲食だけを提供している店らしい。普通の店の倍の大きさはある。店内は半分ほど客で埋まっており、テーブルの上には美味しそうな料理が並んでいた。

私たちは空いているテーブル席に座り、周囲を観察した。

三百年前の飲食店。何が違うのか単純に興味があったのだ。

「嫌いなものは何かあるかい？　あと、酒は大丈夫か？」

男性が笑顔で尋ねてきた。それに正直に答える。

「嫌いなものはありません。お酒は飲めますが、このあと用事がありますので、できれば避けていただければ有り難いです」

「分かった。じゃあ、適当に出すからお腹いっぱい食べていってくれ！」

男性は頷き、厨房《ちゅうぼう》へ声を掛けに言った。しばらくすると、お馴染みの煮込み料理が運ばれてくる。

魚のごった煮だ。

こういう料理は昔から変わらないのだなと思いながら、有り難くいただいた。

「あ、美味しい……」

素朴な味付けがとても美味しかった。ものすごく食が進む。パンを持ってきてくれたので一緒に食べると幸福感が広がった。

人気の店なのだろうと分かるような美味しさである。

運ばれてくるのは料理だけではない。お酒は要らないと伝えたせいか、フルーツ系のジュースがやってきた。それも有り難くいただく。果物を搾った濃いジュースは美味しくて、このあと城に忍び込まなくてはならないことを忘れてしまう。

「美味しい。ウェルベックもほら。パンも一緒に食べると美味しいわよ。はい、あーん」

「……あ、本当ですね」

ウェルベックの口元にパンを持っていくと、彼は素直に口を開いた。

つがいである私たちは、よくこうやって相手にものを食べさせる。いわゆる給餌《きゅうじ》行動というものだ。私たちにとっては極々自然な行動。

ウェルベックも私に、運ばれてきた果物を食べさせてくれた。

「こちらも美味しいですよ。ほら、口を開けて下さい」

「あ……本当。美味しいわ」

みずみずしい果物の味に頬が緩む。

仲良く食べさせ合いをしつつ食事を楽しんでいると、男性がニコニコしながら声を掛けてきた。

「仲が良いんだね。あんたたち、恋人かい？」

「いえ、夫婦です」

ウェルベックが答える。そうしてハッとしたように言った。

「すみません。ご迷惑でしたか」

その言葉に、私もようやく気がついた。私たちにとっては当たり前の給餌行動も、人間界では違う。人間界に降りてきてからずっと気をつけていたのだが、ここは過去という気の緩みからか、ふたりで過ごす時の癖が出てしまっていたようだ。

「す、すみません。気をつけます」

私も慌てて謝った。

お礼に連れてきてもらったのに、その店に迷惑を掛けるとかあり得ない。

申し訳ない気持ちで頭を下げると、男性は「いいんだよ」と笑った。

「仲が良いなと思っただけだから気にしないでくれ。夫婦仲が良いのは素晴らしいことだからね。今の王様も夫婦仲がすごく良くてね。皆、あやかりたいって言ってるんだ」

「そう、なんですか？」

「おや、知らないのかい？　そうか、あんたたちは旅人だったんだね」

その言葉に頷く。店主はニコニコと頷いた。

「それなら知らなくても仕方ないか。いや、本当今の国王夫妻は仲良しでねえ。年に数回、お姿を国民に見せて下さるんだが、その時もいつもふたりひっついてイチャイチャしているんだよ。そのせいか、うちの国は仲の良い恋人や夫婦にすっかり寛容になっちまってね。むしろ、良いものを見せてもらったって皆思っているから気にしなくていいよ」

「そ、そうですか……」

迷惑を掛けていなかったというのなら良かったが、見守られていたというのもなかなかに恥ずかしいものがある。

だけど、確か現代でも国王は己の妃《きさき》と娘を溺愛していた。それは国民たちもよく知るところで、考えてみれば、私たち夫婦に関しても皆、なにかと寛容だった気がする。

同じ職場で同じ人物に仕えているという点もそうだったし、ふたりで話していても嫌な顔は一切されなかった。むしろニコニコとされたし、なんなら仲が良くていいねと好意的に受け止められていたくらいだ。

ディミトリ王国は、元々そういうお国柄なのだろう。三百年以上が経っても、それが続いていると。

そういうところは悪くないと思う。

男性は楽しげに笑い、テーブルから離れていった。給仕の女性がデザートを持ってくる。

ハート型のザッハトルテっぽいチョコレート菓子だった。

驚いていると、女性は私たちにウィンクをしてくる。

「あんたたちが夫婦だって店長から聞いたからね。普通のケーキよりこっちの方がいいかと思って。

ほら、仲良くやってくれ」

「あ、ありがとうございます」

期待された目で見つめられ、苦笑した。もしかしなくても、このケーキで「あーん」をやってくれと、言われているのだろうか。

「……ウェルベック」

どうするべきかと夫を見ると、彼も困った顔をしていた。

「なんでしょう。こういう反応をされるのは初めてで……逆にどうしたらいいのか分からなくなります」

「そうよね……」

さあどうぞと言われると、逆にやりづらくなるというのは、よくある話だ。

「……でも、やっていいならやるわよね」

少し考え、頷いた。

もとより、給餌行動はつがいのいる竜人としては当たり前のことだし、やっていいというのなら堂々とやってやろうじゃないかという気持ちになったのだ。

見られていようが構うものか。

すっかり開き直る。ウェルベックが感心したように言った。

「ソラリスって、たまにとんでもなく男前になることがありますよね。見られているのが恥ずかしいからと断るかと思っていました」

「まあ、こういうのも良いかなと思って」

チョコレートにナイフを入れる。ウェルベックに尋ねた。

「あ、でも、それなら止めとく？　ウェルベックが嫌なら無理強いするつもりはないけど」

こういうことは、お互いが楽しくないと駄目だと思う。

真面目に聞いたのだが、返ってきたのはある意味予想通りの答えだった。

「何を言っているんです？　つがいから食べさせてもらえるのを断る男などいるはずないじゃないですか」

「そうよね。ウェルベックってそういう人だものね」

私は笑顔でお菓子を切り分け、夫に「はい、あーん」と食べさせ、そしてお返しに同じように食べさせてもらい、楽しいひとときを過ごしたのだった。

◇◇◇

本当にお腹いっぱいになるまでご飯を食べさせてもらい、店主である男性にしっかりお礼を告げてから、私たちは店をあとにした。

のんびり食事を楽しんだので、夜もすっかり更けている。

もう少し待てば、忍び込むのにもちょうどいい時間になるだろう。お腹も膨れたし、いい時間潰しになった。

「店主さんには感謝しないといけないわね」

「本当ですね」

情けは人のためならずというが、本当だ。偶然、ひったくりを捕まえただけなのに、倍以上になって返ってきた心地。

城の方へ向かう。

近くまで移動したら、あとはそこで時間が来るまで大人しくしてようと思った。

「……こちらから侵入する方が、多分、宝珠に近いと思うわ」

宝珠がどこにあるのかはっきりと分かるので、一番近い場所から乗り込む予定だ。

侵入するのによさそうな場所を見つけ、夜中になるのを待った。

◇◇◇

「……そろそろいいわね」

「ええ、行きましょう」

真夜中になり、辺りがすっかり静かになった頃、私たちは動き出した。ふたりで協力し、城全体に魔法をかける。

最近よく使っている、眠りを深くする魔法だ。

準備を整えてから城壁を越え、城内に忍び込む。

魔法がよく効いているのか、物音ひとつしなかった。

「ソラリス、どちらに行けばいいですか？」

「こっちよ」

ウェルベックを先導する。

場所がはっきり分かるのだ。苦労することなく宝物庫らしき場所に辿り着いた。当たり前だが鍵が掛かっている。

「壊せば賊が入ったと疑われますからね。魔法で解錠しましょう」

鍵には一応、魔法を無効化する術式が組み込まれていたが、人間の作ったものだ。私たちにはほとんど影響がない。

ウェルベックがあっさりと鍵を開け、扉を開ける。私は奥へとまっすぐ進んでいった。

「これだわ」

果たして宝珠は一番奥に、箱に入った状態で保管されていた。

箱の外からでも分かる。魔力が溢れんばかりだった。確かにこれを人間が直接触ることはできないだろう。箱に触れるのだって、相当魔力を持っていないと厳しいと思う。

これは竜王が持つべき宝珠なのだ。人間が触れられないのも当然だった。

「……」

箱を開ける。中には丸い玉の形をした宝石が入っていた。

王女の話から、てっきり指輪が入っているものと思っていたから驚きだ。

「どういうこと？」

宝珠を取り上げ、代わりに指輪を置きながらもどうしても疑問に思ってしまう。

それにはウェルベックが答えた。

「多分ですが……未来の私たちが、魔法で偽の記憶を植えつけたんでしょうね」

「偽の記憶？」

「宝石を指輪に加工したという記憶を王族たちに植えつけたのです。そうすれば箱を開けた時、指輪が出てきても驚きません」

「……それはそうかもだけど、指輪である必要性はないんじゃない？　普通に宝石を置いておけば済む話かなって思うんだけど」

私の疑問にウェルベックは緩く首を振った。

「私たちが過去に持ち込んでいるのはこの指輪だけですよ、ソラリス。しかも未来でも、存在していたのは『指輪だった』ということになっている。辻褄《つじつま》を合わせる必要があります」

「それは……そうね。でも、そこまでするくらいならいっそのこと宝石なんてなかった、と思わせる方が楽なんじゃないかしら。未来が変わるのは……好ましくないとは思うけど」

私の意見は尤もなものだと思ったが、ウェルベックはそれに対しても否定した。

「魔法は、あったものをなかったと思わせるより、こういう理由で形を変えた、と思わせる方が簡単なんですよ。嘘でもそうですけど、真実を織り交ぜた方がバレにくい。黄色い宝石はある。そして魔力が凄まじくて触れられなかった。ここまでが真実ですよね？」

「ええ」

ウェルベックの言葉に頷く。その通りだ。

「ここから魔法で付け足すのです。『それをなんとかするため指輪に加工してみたけれど、やっぱり無理だったから箱に保管したままにしている』と。あったものをなかったことにするより、情報を少し足すだけの方が記憶に植えつけやすいし、魔法が解けた時に真実に気づかれにくいんです」

「確かにそうかも。でも、私たちが日本に行った時、私たちのことを忘れてもらう大規模な魔法を使ったじゃない。だから存在を忘れさせる魔法を使うのもアリだと思うんだけど」

あの魔法を使った時のことを、私は忘れていない。

当時のことを思い出していると、ウェルベックが言った。

「あの時は魔法薬を併用していたでしょう。もう忘れましたか？」

「あ、そういえば」

確かにそうだった。

「それに、記憶を足すだけなら、王族だけに施せば済む話ですが、宝珠がなかったという記憶にするなら、それこそ国中の人間に魔法をかけなければなりませんよ。どちらの方が手間がかかるか、そして確実性があるのがどちらなのか、あなたなら分かりますよね」

「う……」

さすがに言い返せなかった。

確かに王族に「昔にそういう事実があった」と思わせるだけの方が楽に済む。周囲が「そうだったかな」と疑っても、王族が「そうだ。それは王族だけが知る事実」と言ってしまえば終わってしまう話なのだから。

「そういうことですので、そちらの魔法は私がかけておきますね。記憶を弄る魔法は難しいですから。万が一の失敗も許されませんし」

「お願いするわ……」

簡単な魔法なら問題ないと言い切れるが、記憶を弄るような魔法は、得意とは言い難い。

素直にウェルベックにお願いし、彼が魔法をかけている間、私は手に入れた宝珠を眺めていた。

「……綺麗」

透明感のある、どこか竜の瞳にも似た宝珠は美しかった。人間には触れられない竜王のための宝石。

目的だったそれを、ようやく手に入れることができた。

「ソラリス、終わりました。帰りましょう」

「ええ」

魔法をかけ終わったウェルベックが戻ってくる。

私たちは宝物庫に鍵を掛け、侵入の形跡を消したことを確認したのち、眠りに落ちた城から脱出した。

◇◇◇

「……疲れたわ」

「お疲れ様です」

宝珠を無事手に入れ、元の時代に戻ってきた。

時の宝珠は扱いが難しく、かなりのコツがいる。黒竜であり、異界渡りができる私はなんとなく勘で使えるのだが、ウェルベックには難しいようで、行き帰りのどちらも私が時の宝珠を使用した。

「はあ……」

戻ってきたのは、自分たちが泊まっていた宿の部屋だ。時の宝珠を使ったのと同じ時間に戻ってきたので誰かに気づかれた様子はない。

上手くいった。やり遂げたのだと思うと、安堵のあまり身体から力が抜けた。

「……これで竜園国に帰れるのよね」

「ええ、そうです」

「この世界に来て五年。私たちの感覚からしたらあっという間だったけど、それでもすごく長かった気がしたわ」

「そうですね。早く国に戻ってゆっくりしたいものです」

「本当よね」

宝珠を手に入れた以上、人間界に留まる理由はない。気持ちだけでいうなら今すぐ竜園国に戻りたかった。でも——。

「今は無理かな」

「ええ、そうですね」

身体を起こす。

外に、気配を感じた。たくさんの兵士が建物を取り囲んでいる。

誰が来ているのか、言われなくても分かっていた。

「ウェルベック……」

「追っ手、でしょうね。やはり国王は私たちを素直には行かせてくれないようです」

「ね」

ウェルベックが手を貸してくれたので立ち上がる。窓を少し開け、外の様子を窺うと、完全武装した兵士たちが三十人ほど集まっていた。紫色の外套。あれはヴェルチェだ。

彼らの後ろには国王と王女の姿もあり、とても驚かされた。

「姫様も来ているの？」

国王までは予想していたが、まさか王女まで来るとは思わなかった。

もう二度と会うことはないと思っていただけに、妙な気持ちになる。

「……外に出た方がよさそうね」

このまま部屋にいれば、そのうち宿に乗り込んで来られてしまうだろう。それは宿の店主や他の客にも迷惑なのでできることなら避けたかった。

ウェルベックも頷き、荷物を纏める。

用意を終えてから、私たちは一階に降りた。宿を兵士に取り囲まれたことに気づいた店主が、何事が起こったのかと驚いている。

「すみません。ご迷惑をお掛けしました」

「すぐに出ていきますので」

ふたりで謝り、外に出る。

宿の外に出ると、兵士たちが一斉に私たちに持っていた武器の刃《やいば》を向けてきた。

兵士の後ろから国王が出てくる。

「探したぞ。ふたりとも」

国王がギラギラとした目を向けてくる。朝に見た時とはどうにも様子が違うようだ。

この短い間に何が起こったのかと思っていると、ウェルベックが一歩前に出た。

「……陛下。どうしてこのようなところまで。今朝方私たちはお暇を申し上げたはずですが」

「認めた覚えはない。ふたりとも城に戻れ。そして我が国ディミトリ王国に終生仕えると誓うのだ」

耳を疑った。

まさか終生仕えろなどと言われるとは思わなかったのだ。ウェルベックが不快げに眉を上げる。

「お断り致します。大体どうしてそんな話になったのですか。終生、などと無茶をおっしゃられる」

「無茶ではない。当然の要求だ。……お前たちは竜人、なのだろう？」

「っ‼」

国王から出た『竜人』という言葉に息を呑む。

竜化はしていないのに、どうしてバレたのかと不思議だった。

「お前たちが去ったあと、ひとりの獣人が来たのだ。そうしてお前たちの行方を尋ねた。あとを追いたいのだと言ってな。有名な獣人だ。この間の武術大会でも三位を取るほどの。お前たちがいなくなったあと、娘の護衛を任せるにはちょうどいいのではないかと思った私は、彼に聞いたのだ。お前たちの代わりに、娘の護衛をしないか、と」

「……」

獣人というのが誰なのか、すぐに分かった。

グレイだ。ウェルベックに竜気を当てられ、降参した狼の獣人。きっと国王が言っている人物は彼なのだろう。

「彼は断った。『俺はもう、仕える相手を見つけてしまった』と。『彼以外を主人に仰ごうとは思わない』と。誇り高い狼の獣人がそこまで言うなど普通にあり得ない。彼らが何者か知っているのかと尋ねた私に獣人は言った。『あの圧倒的な気は間違いない。竜人だ。一万年前に地上から去った、今は失われたとされた至高の一族。きっと奥方もそうなのだろう。自分は彼に、いや彼らに仕えたいのだ』と」

「っ！」

舌打ちしそうになった。

確かに直接ウェルベックの気を受けたグレイなら、彼の正体に行き当たったと言われても理解できる。理解できるが……何もそれを国王に言わなくてもと思ってしまう。

「お前たちが竜人だというのなら、昨日見せたあの恐ろしいほどの戦闘力も頷ける。竜人は長命なのだろう？　お前たちが我が国に長く仕えてくれれば、国は安泰。私も安心して娘に国を任せられる」

「お父様！　止めて下さい！　私はそんなこと望んでいません!!」

国王の自分勝手すぎる話に反抗するように王女が叫んだ。

「ウェルベックもソラリスも、今まで十分すぎるほど私たちに尽くしてくれました。昨日だって、ふたりがいてくれたから私たちは命を拾ったのです。それなのに、彼らを自由にするどころか国に縛りつけようなんて、そんなの許されるはずがありません!!」

「黙っていろ！　これはお前のためでもあるのだ！」

「っ！　ひっ……」

国王の怒声に、王女が驚き、泣きそうな顔をする。国王は娘に甘い父親だった。そんな父親が初めて見せた顔が信じられなかったのだろう。

「竜人を手に入れることができれば、我が国は今よりももっともっと発展する。これは国のため。お前も王女なら、国のためだと受け入れろ!!」

「……ずいぶんと勝手な話ですね」

ヒートアップする国王と、今にも涙が出そうな王女の話に割って入ったのはウェルベックだった。

ウェルベックは落ち着き払った態度で国王に向かう。

「で？　そんなふざけた理由で私たちを追いかけてきたわけですか。国王失格だと言わざるを得ませんね」

「なんだと……？」

「獣人がひとり、私たちのことを竜人だと言ったからと、それを鵜呑《うの》みにして追いかけてきたのでしょう？　愚かとしか言いようがありません。私たちは人間ですよ。そんなお伽の国の世界の住人なんかではありません」

どうやらウェルベックは、あくまでも人間だという方向で貫き通すつもりのようだ。

それならそれで、私も彼に従おう。正直、ここまでくればちょっと無理があるような気もするけれど、まあ、誤魔化せないこともないだろう。

国王も私と同じように思ったようで、疑念に満ちた顔をしている。

「竜人ではない、だと？　あれだけ膨大な魔力を持っていて、か？」

「魔力が多い者などいくらでもいるでしょう。私はSランクの冒険者ですよ？　普通の人間と同じように考えてもらっては困ります」

「……いや、でも」

「竜人なんて存在しませんよ。それなのに、獣人の言葉に踊らされてこんなところまでやってくるとは、驚きですね」

「っ……！　しかし！　お前たちの力が魅力的なのは事実だ。国を出るのは許さん！　城に戻れ！」

「お断りです。大体、どうしてあなたの言うことに従わなければならないのです？　私は、あなたにもディミトリ王国にも仕えたつもりはありませんよ。それは私の妻も同じです」

「ええ、そうね」

大勢の兵士から武器を突きつけられている状況。

だけど怖いとは思わなかった。いざとなればどうにでもできるというのもあるし、夫の堂々としている姿に勇気づけられていたからかもしれない。

キッパリと拒絶の姿勢を見せると、国王はそれならと王女を見た。

「お前から言え！　ふたりはお前の護衛と女官だったのだろう。お前の言うことなら聞くはずだ。戻って欲しいと命令するのだ。そのために連れてきたのだからな！」

「嫌です！」

父の命令に、王女は大声を上げて言った。

「私はふたりを見送ると決めました。さようならだって告げたんです。それを、嫌がっているのに戻ってこいなんて言えるはずがありません」

「この愚か者めが!!」

「あっ……!!」

気づいた時には遅かった。怒り狂った国王が、王女に手を上げたのだ。王女は頬を思いきりはたかれ、その衝撃で地面に倒れた。

「姫様っ！」

思わずその側に駆け寄る。痛々しい姿を見ていられなかった。

王女の側に駆け寄った私を見た国王が素早く兵士たちを動かし、私と王女を取り囲む。そうしてウェルベックに向かって笑った。とても嫌な笑いだった。

「私に仕えると言え。お前は妻を愛していると聞いている。妻のためなら、私に仕えることも否とは言わないだろう?」

「……私がソラリスを愛しているのは事実ですが、兵士程度で妻は止められませんよ。それは昨日の戦いをご覧いただいたあなたはよくご存じのはず」

淡々と答えるウェルベックに、国王は舌打ちをした。そうして私と王女を取り囲んでいる兵士たちに向かって言う。

「……やれ」

「っ!」

攻撃をされるのかと身構えた。なんとか王女のことも無傷で守らなければ。

だけど彼らは私の腕を摑んだだけだった。その腕に腕輪のようなものが嵌められる。

「え……」

途端、身体中から力が抜けていくのが分かった。魔法を使って抵抗しようとするも、上手くいかない。

「な、何……どうして……」

自分に何が起こっているのか一瞬本気で分からなかった。常に体内に漲《みなぎ》っている竜の力が引き出せない。

「ソラリス!」

「駄目。力が出ないの……」

ウェルベックの焦ったような声に答える。狼狽《うろた》える私を見た国王が酷く嬉しそうに笑った。

「ははは！　はははは！　やっぱり、やっぱりか！」

「妻に何をしたんです！」

ウェルベックが国王を睨みつける。国王は笑いながら私たちに言った。

「それは、我が国に昔から伝わる『人化の腕輪』だ。昔、竜人たちの竜の力を封じるために作られたもの。もしやと思い、宝物庫から持ち出してきたのだが正解だった。それが効いているということは、お前たちは竜人ということで間違いない！　ははは！　やったぞ！　竜人が我が軍門に降《くだ》る日が来るとは！　今日はなんてめでたいのだ！」

「人化の腕輪……」

聞き覚えのある名称に、青ざめた。

人化の腕輪。竜人の『竜化』と『魔法』を封じる腕輪だ。それを私は、以前、ヴラドという竜人につけられたことがある。

その時も私は何もできなくなってしまって、最終的にウェルベックに助けられたのだ。

その人化の腕輪が人間界にもあるとは思わなくて、ウェルベックの足手纏いになってしまうことに気づき、私は震えた。

「……」

「ソラリス」

何も言えなくなってしまった私を労《いたわ》るように王女が声を掛けてくる。彼女を見ると、王女は柔らかく目を細めた。

「ソラリスは竜人だったのね」

「あ……それは……」

同じ人間だと思っていた相手が竜人だった。彼女はどう感じたのか、怖いと思った。

「私……」

「私にとって、ソラリスはソラリスよ。人間であろうが竜人であろうが関係ないわ」

「姫様……」

王女が頷く。彼女は私の手を握り言った。

「ソラリスが竜人だったからといって、何が変わるわけではないわ。だって、ソラリスは優しいもの。昨日も助けてくれたし、今だって私を心配して駆けつけてくれた。私にはそれだけで十分よ」

本気で言ってくれているのが分かり、たまらなくなった。

国王が勝利を確信した口調でウェルベックに告げる。

「さあ、もう一度問おうか。妻を無事に助けて欲しくば私に、ディミトリ王国に終生仕えると誓え。そうすればふたりとも国の重臣として大切にしてやろう」

「……妻を使って私を脅そうというのですか」

ウェルベックの声は怒りを孕《はら》んでいたが、国王は気づいていないようだった。

「脅す？　竜人相手に、人が脅したりなどできるものか。これはれっきとした取引だ」

「取引？　妻を人質に取っておいて、取引ですって？　一体どの面下げて……！」

「なんとでも言え。さあ、返答はどうなのだ……！」

兵士のひとりが私に刃を突きつけてきた。頬に掠る。防御力も人間並みに落ちているのだろう。刃が頬に軽く当たっただけなのに、鋭い痛みを感じた。

「あ……」

頬に手を当てる。指の腹を見ると、血がついていた。

傷は浅いが、切れてしまったのだろう。久しぶりに見た己の血に驚いていると、私を見たウェルベックが目を大きく見開いていた。

「ソラリス……血が……」

ウェルベックが私を凝視する。明らかに様子が変わった。国王が面白くなさげに言う。

「単なる掠り傷ではないか。それより返事だ。返事を聞かせろ」

「……血が、私のつがいに……血？　怪我をさせたのですか？」

うわごとのようにウェルベックが呟く。彼は完全に正気を失っていた。

ウェルベックの様子にも気づかず、国王が鼻で笑う。

「怪我？　そんな大層なものか。大したこともない。大袈裟なことを言いおって……」

「大袈裟ですって？　私の……命よりも大切なつがいを傷つけておいて、大したことがないと……あなたは本気で言っているのですか？」

「ウェルベック！」

ウェルベックの様子がおかしい。慌てて名前を呼ぶも彼は返事をしなかった。

魔力が渦巻いている。今にも爆発しそうな力が彼の周辺に集まっていた。

——これ、まずいわ。

「ウェルベック！　私は大丈夫だから‼」

業腹ではあるが、国王の言う通り掠り傷だ。魔法を使えば、痕すら残らないほどの小さな怪我。

ウェルベックが怒り狂う必要なんてない。

「ウェルベック！　お願い、正気に戻って！」

「……」

声を掛けてもウェルベックは答えない。

彼の姿が解けた。そして現れるのは、白銀の鱗を持つ美しい竜だ。

ウェルベックが竜化した。

それを理解すると同時に、私は王女を抱き込んだ。

攻撃が来る。それが分かったからだ。

「——‼」

竜の咆哮と共にドラゴンブレスが吐き出された。赤ではない。青白い炎が国王と兵士たちを襲う。

突然現れた巨大な竜の姿と高温の炎の攻撃に、その場にいた者たちは逃げ惑った。

未知の恐怖の前には精鋭部隊であろうと関係ない。竜に攻撃されるという、普通ではあり得ない
事態に皆、完璧にパニックに陥っていた。私たちを取り囲んでいた兵士たちも同様で、悲鳴を上げ

てその場から逃げ出す。

私は王女の手を引き、炎を避けながら、ウェルベックに近づいていった。

王女が私の手を強く握りながら小声で呟く。

「竜人……本当に……あれが、竜？」

「そうです。あれがウェルベックの竜化した姿です」

「竜化……」

「竜人が本来の姿に戻ることを『竜化』というんです。今はこの腕輪を嵌められているから私にはできませんけど。姫様、なんとかウェルベックを落ち着かせないと、このままでは大変なことになってしまいます」

ウェルベックは怒り、何度も炎を吐き散らしていた。とてもではないが、理性ある行動とは思えない。つがいを傷つけられ、キレているのだ。

「相手のつがいに手を出してはいけない。これは、竜人の世界では常識なんです。自分のつがいを傷つけられて怒らない竜人はいない。普段穏やかな分、その怒りは深く、場合によっては相手を殺すまで止まりません」

「……そんな、殺すなんて」

王女は震えていたが、竜人からしてみれば当然としか思えない。

竜人にとってつがいとはまさに己の逆鱗そのもの。それを他人に触れられ、傷つけられて正気でいられるはずがないのだ。

『私のつがいを傷つける人間など要らない！』

ウェルベックが叫ぶと共に、新たな炎が生み出される。

「た、助けてくれ……！」

国王と兵士たちが逃げようと試みるが、炎の海に囲まれ、逃げられない。

このままウェルベックを放っておけば、間違いなく彼は国王たちを殺してしまうだろう。怒る気持ちは分かるし、同じことをされれば私も同様の行動を取るだろうとは思ったが、大事な夫にそんなことをして欲しくはなかった。

だから声を張り上げる。

「ウェルベック！　お願いだから落ち着いて！」

返答は期待していなかったが、予想外にも答えが返ってきた。

『落ち着けるわけがありません！　あの男は私のつがいを、あなたを傷つけたのです。八つ裂きにしても足りない……！　この怒りが収まるまで私は止まりません』

言葉が通じるのなら、まだマシだ。こちらの言うことを聞く余地があると、そういうことなのだから。

私は彼を落ち着かせようと必死で言った。

「こんな傷、なんでもないわ。痕も残らない些細《ささい》なもの。大丈夫、大丈夫よ。私、あなたに人殺しなんてして欲しくないの。私のせいで人を殺すなんてして欲しくない。だからお願い。止まって。攻撃を止めて……」

王女も震えながら声を張り上げ訴えた。

「私からも謝ります！　国に留まって欲しいなんて言わないし、なんでも言うことを聞きます。ですから怒りを鎮めて下さい……！　お願いします。父を、父を殺さないで下さい！」

「オニキス！　なんでも、なんて、なんて恐ろしいことを！」

娘の訴えを聞いた国王が顔色を変える。それに王女は言い返した。

「元はといえば、お父様のせいじゃないですか！　私は止めてって何度もお願いしたのに。大体、竜人が人間の手に負えるような存在じゃないって、お父様は知っていたはずです！　遠い昔、竜人は人間から離れ、天空に昇っていった。でもそれは人間の勝利なんかじゃない。ただ、人間のあまりの愚かさに竜人たちが嫌気が差したから。そのことを私もお父様も知っていたのに、どうして竜人に手を出そうとするのですか！　どうして馬鹿みたいに欲を出したのですか！　全部お父様が悪いんです！」

「……オニキス」

「大体、ウェルベックとソラリスが配下になるって約束したところで、お父様に扱いきれるはずがありません。だって、ふたりは本心からディミトリ王国に仕えるわけじゃないんですから。すぐに寝首をかかれて、そうして逃げられて終わるだけ。なんにも得なことなんてありません。むしろ被害ばっかりで、余計なことをしなければよかったたって結末になるだけだって、どうして分からないんですか！」

なかなかに辛辣な、だけども的を射た意見に、その場が静まりかえる。

しかし、国王は認めたくないのか、素直に引き下がろうとはしなかった。

「だ、だが……竜人の力は凄まじい。このふたりがいれば、国は更に発展し、大陸の統一だって夢ではないのだ。それを簡単に諦めるわけには……」

「だからお父様には扱いきれないって言ってるんです！　今だって三十人も兵士を連れてきているくせに、手も足も出ないじゃないですか。昨日もふたりに全員が助けられたわ。その事実を見ないふりするのは止めて下さい！　正しくものを見られない国王になんの意味があるんですか！」

「な、見ないふりなど……」

「してるじゃないですか！　今だってそう。お父様は震えていらっしゃる。竜化したウェルベックが怖いんでしょう？　そんな様子でふたりを部下として使う？　無理に決まっています。そんな簡単なことがどうして分からないんですか」

娘に睨みつけられた国王が、目を逸らす。

竜化したウェルベックに怯えている自覚はあるのだろう。実際彼はずっと震えていて、立っているのがやっとの有様だったからだ。

「だ、だが、竜人を他国に取られるわけには……」

「他国も同じです。ふたりを扱いきれる人間や国があるとは思えません。自らの手に余るものは放っておくしかないんだって、子供の私でも分かります。はっきり言って、今のお父様、格好悪いです。こんな情けないお父様なんて見たくありません！　お母様だって事情を知れば、きっと同じようにおっしゃるはずだわ！」

「……なっ!!」

格好悪いという言葉に、国王はあからさまにショックを受けた顔をした。

大切に可愛がっている娘に格好悪いと言われるのは何よりも衝撃だったのだろう。顔色は悪く、わなわなと身体は震えている。

「わ、私は……」

「……」

いつの間にか、ウェルベックも攻撃を止め、王女と国王のやり取りを黙って見つめていた。

それに気づき、声を掛ける。

「ウェルベック」

『……ソラリス、大丈夫ですか?』

心配そうにウェルベックが私を見てくる。

少し時間があったおかげで、多少は冷静になれたのだろう。ウェルベックの口調は通常のものに戻っていた。それにホッとしつつも頷いた。

「ええ、私は平気よ。ねえ、ウェルベック。姫様もこう言ってることだし、もういいでしょう? 正直私はもういいやって思っちゃったわ。大事にしている娘にここまで言われたら、かなりショックなんじゃないかって思うし」

『……ですが』

「私、姫様のことが結構好きなの。だから腹は立つけど姫様の父親である陛下を殺したいとまでは思えないし、ウェルベックに手を下して欲しくない」

『……』

返事はなかった。だけど考えてはくれているようで、次の攻撃に移ろうとはしない。

『……ディミトリ王国の国王』

「ひっ……」

ウェルベックが国王に話し掛けた。竜の眼光が国王を射貫く。震える彼にウェルベックは言った。

『私たちは、これ以上人間界に留まるつもりはありません。もはや、使命も果たした。あとは国に帰り、今まで通り天上で暮らすだけです。それをあなたは邪魔しますか？　もし、邪魔をするというのなら、今度こそ私はあなた方を撃ち、国を焼くことも厭《いと》いません』

「……」

『つがいを傷つけられたことだって許していません。私のつがいが止めてくれと頼むから、今は止《とど》まっているだけです。だが、二度はない。この意味が分かりますか？』

「お父様……」

王女がハラハラしながら己の父の回答を待つ。

国王はチラリと王女に目を向け、そしてウェルベックと私を見てから力なく言った。

「……一国を預かる王として、これ以上の醜態は晒せない。娘の言う通りだ。竜人は我らの手に余る存在。もしかしてと欲を出した私が愚かだったのだろう。もう、手は出さない」

『……それだけですか？』

ウェルベックは無言で国王を威圧した。国王が慌てて言う。

「そ、それだけとはどういう意味だ」

『呆れた。本当に分からないのですね。これでは国ごと滅ぼされても文句は言えませんよ』

ウェルベックの周囲に炎が生まれる。その炎は何かを焼いたりはしなかったけれど、それを見た国王たちは酷く狼狽《ろうばい》した。

そんな彼らを感情の籠もらない目で見つめながらウェルベックが問う。

『あなたが、もし己の妻を傷つけられたらどうしますか？　謝罪のひとつさえ紡がぬ罪人を許そうと思いますか？　私はそう聞いているのですけどね』

「わ、悪かった！　二度とあんな真似はしない！　本当に、申し訳なかった‼」

慌てて国王がその場に膝をつき、頭を地面に擦りつける。

兵士たちも国王に倣った。

『心ない謝罪に意味があると思いますか？　どうやらあなたは、妻を傷つけられる痛みを知りたいようだ』

「止めてくれ！　妃はこの件について何も知らないんだ！　妻を巻き込まないでくれ！」

顔を上げ、国王はウェルベックに懇願した。

国王は自らの妻をとても大切に、溺愛している。その妻をと言われ、彼は多少残っていた余裕をかなぐり捨てた。

ウェルベックがクスリと笑う。

『おや、私の妻を人質に取って笑っていた悪党の言葉とも思えませんね。ずいぶんと都合の良いことをおっしゃる。ふふ、それでは代わりに娘にしましょうか。妻でなければ構わないんですよね？』

今度こそ国王は悲鳴を上げた。

喪失を恐れる真実の悲鳴だった。

「悪かった！　本当に悪かった‼　償えと言うのなら、私が償う‼　だから家族には手を出さないでくれ！　ふたりは私の宝なんだ！」

『ええ、そうでしょうとも。分かりますよ。私にとっても、ソラリスは唯一無二の宝なのですから』

「……本当に……すまなかった……お前の妻を傷つけて申し訳なかった……」

絞り出すような声には、真実が込められていた。

上辺だけの言葉ではない。心が籠もった言葉に、ようやくウェルベックも矛を収める。

『まあ、いいでしょう。妻も止めてくれと言っていることですし、今回だけはこれで退きます。ですが、次はありませんよ。――誓って下さい。ディミトリ王国の国王として。今後一切、竜人に手を出さないことを。我々は天上で、あなたたちは地上で、それぞれ暮らすことを。互いの領域を侵さないことを。これら全てを改めて誓って下さい。それで手を打ちましょう』

「ち、誓う。ディミトリ王国、国王デイヴィス・ディミトリが誓う。今後、我らは竜人とは二度とかかわらない」

『約束を破れば――ああ、これは言わないでおきましょうか。どうなるのか、口にしなくても賢いあなたならお分かりになるでしょうし』

竜化した姿のまま、美しく微笑むウェルベック。

私には非常に魅力的に、格好良く映ったが、他の皆には底知れぬ恐怖を与えたようで、「ひっ……」と引き攣るような声を上げている。

『あなたの誓いは、竜園国宰相、ウェルベック・スター・ウル・ヴェルディウムが受け取りました。私たちもまた、不可侵の誓いを守りましょう。さて、証人には……殿下、お願いできますか？』

突然、話を振られた王女は、驚愕しつつも頷いた。

「え、ええ。ディミトリ王国第一王女、オニキス・ディミトリ。証人となります」

『結構。ソラリス、竜人側の証人をお願いします』

「竜園国王女、ソラリス、ソラリス・アマネ・エル・ヴェルディウム、確かにふたりの誓いを聞き届けたわ」

言葉を口にすると、頭の中にカチンという音が響いた。

どうやらウェルベックは、この誓いに魔法を使用していたらしい。

口約束だけでは信じられなかったのだろう。それは仕方のないことかもしれないけれど。

『ソラリス』

ウェルベックが私を見る。言いたいことが分かった私は、繋いでいた王女の手を放した。

「え？」

不安そうに私を見てくる王女。

最初はあんなに気に入らなかったのに、いつの間にか私はこの王女のことをとても好きになっていた。

別れが寂しいと思ってしまう程度には。

「今度こそお別れです、姫様。私たちは国に帰りますから、もう二度と会うこともないでしょう」

「帰ってしまうの？　天上の国に？」

「ええ。国には家族もいますから」

「……そう」

王女が私を見つめてくる。その目の強さが好ましかった。

「最後なんだし敬語は止めて。ソラリスも王女なんでしょう？」

「……ええ。竜園国のね」

断る理由はなかったので素直に応じる。王女がホッとした顔をした。

「ウェルベックは宰相なのよね。竜人の国の宰相と王女がどうして人間界に来ていたのか気になるけど、それは聞いては駄目なのよね？」

「ええ、それはルール違反になるわ」

「分かったわ。聞きたいけど聞かない。でも、あなたのことを友達と思うくらいはいいわよね」

「え？」

目を瞬かせる。彼女は笑い、私に言った。

「お友達になって。だってもう、あなたは私付きの女官ではないんだもの。それに王女で身分も同じなんだから構わないでしょう？」

「え、ええ。それは構わないけど。私たち、もう会うことはないのよ？」

今、そういう約束をしたはずだ。そう言うと、彼女は首を縦に振った。

「分かっているわ。でも、あなたと友達になりたいって思ったから。会えなくても関係ないの」

「――ありがとう」

会えなくても友達になりたいと言ってくれた王女の気持ちが嬉しかった。頷くと、王女が私に手を差し出してくる。

「こちらこそありがとう、ソラリス。私の大切なお友達。今度こそさようならね」

その手を握る。自然と笑顔になった。

「短い間だったけど、楽しかったわ。さようなら、オニキス」

最初で最後だと思い、友の名を呼ぶ。

オニキスが泣きそうな顔をした。それには気づかないふりをして、ウェルベックのもとへ行く。

「ウェルベック」

竜化したウェルベックは、じっと私を見つめ、前足で私の頬を撫でた。

『ああ、まずはこの傷を癒やさなければ』

痛ましげな声を出し、彼が魔法を使う。

頬がじんわりと温かくなっていく。

切れてしまった頬の傷が綺麗に治っていくのが分かった。

「ありがとう」

治療が終わり、頬を確かめる。先ほどまで傷があったところは、もう何もなかった。

顔に傷というのは、治ると分かっていても嫌なものだ。治してくれたのを有り難く思い、礼を言うと、ウェルベックが眉を寄せ、否定した。

『礼には及びません。私があなたの肌に傷があるのが嫌だったのですから』

「それでも。ありがとう。あなたに治してもらえて嬉しいわ」

『当然です』

ふいっと視線を逸らすウェルベックの頬は少し赤いように思えた。白竜は体色が白いせいか、照れたりするととても分かりやすい。

「帰りましょうか、私たちの国へ」

ウェルベックに告げる。彼は頷き、私に言った。

『人化の腕輪のせいで、あなたは竜化ができなくなっていますからね。私が竜園国まであなたを運んでいきましょう。向こうでならその腕輪も外せますから』

「そうね、お願いするわ」

前回、腕輪をつけられた時は人海戦術でなんとかした。竜人五人がかりで外したのだ。腕輪が魔法を一切受け付けないからだったのだが、今回も同じことになるのだろう。

『私の背に乗って下さい』

首を下げてくれたので、彼の背の辺りに乗る。ウェルベックが翼を広げた。空へと上がる。私はこちらを見上げているオニキスに向かって手を振った。

「さようなら、オニキス。――あなたが良い夫と出会えるように、そしてその治世が素晴らしいものであるよう祈っているわ」

オニキスが手を振り返してくれる。何か言っていたが、もうその声は聞こえなかった。

ウェルベックが速度を上げ、どんどん地上から離れていく。

「やっと、終わったのね」

最後の最後でとんでもないことになったけど、ようやく全てが片付いた。

私たちは竜園国に帰れるのだ。

私を背に乗せたウェルベックが、こちらを見ずに言う。

『ええ、終わりました。私達は使命を成し遂げたのです。さあ、ソラリス。帰りますよ、竜園国に。

私たちの住む世界へ』

「ええ」

そうして目的を達した私たちは、ようやく地上に別れを告げることができたのだった。

終章　いつも通りの日常

短いような長いような五年を終え、私たちはついに竜園国へと帰ってきた。

出発した時と同じ場所に降り立つ。

気配を感じていたのだろう。そこには父と母がいて、私たちを待っていた。

「まさか五年で帰ってくるとは。意外と早かったな」

驚いた様子の父に、竜化を解いたウェルベックが溜息を吐きながら言う。

「竜園国の五年はあっという間でしょうが、人間界での五年はとても長く感じましたよ」

「そうか。——ふたりとも、よく戻った」

労《ねぎら》われ、私たちは揃って頭を下げた。

「ただいま戻りました」

身体が弛緩《しかん》する。

自らの所属する場所に戻ってきたのだという実感がじわじわと湧いてきた。

形式的に頭を下げているのとは違う。やはり、自分の国というのは特別なものなのだと改めて知った思いだった。

顔を上げたウェルベックが私の腕を掴む。そうして父に見せた。

「陛下。さっそくで申し訳ないのですが、人手を用意してもらえませんか。人間界でソラリスが人化の腕輪をつけられてしまいまして」

「人化の腕輪だと？　何故、人化の腕輪が人間界に？」

腕に嵌められた腕輪を見た父が驚く。ウェルベックが苦い顔をして言った。

「私も驚きましたが、とある王国の宝物庫に眠っていたようです」

「そうか、分かった。すぐに手配しよう。だがもちろん、ソラリスがこうなった経緯は話してもらえるのだろうな？」

「はい」

鋭い目をした父に、ウェルベックが頷く。

今いるのは王族しか入れない場所なので、父の私室に移動する。そこで父は兵士たちを呼び、私の腕輪を外すよう命じた。

魔法を受け付けない腕輪。前回と同じ五人がかりで取り組んだのだが、やはり一筋縄ではいかなかった。

皆で四苦八苦して、なんとか腕輪が外れた頃には、父への報告はすでにウェルベックが終わらせていた。

「……なるほど、そんなことがあったのか」

兵士たちが下がり、部屋の中には父と母、そしてウェルベックと私の四人だけになっている。父のすすめで私とウェルベックは近くにあった長椅子に腰掛けた。

父と母はなんだかとても難しい顔をしている。

「ウェルベック」

「はい」

「ソラリスはお前のつがいだ。お前がそれでよしとしたことをとやかく言うつもりはないが、本当にそれだけでよかったのか。――私なら王国ひとつくらいは焼き尽くしたと思うが」

父の言葉に母も頬に手を当てながら、「そうよねえ」と頷いている。

「竜人のつがいに手を出すというのはそういうことだ。それなのにお前はつがいを傷つけられたにもかかわらず、その怒りを収め、ひとりも殺さなかったと言う。本当にそれで人間たちを許したのか」

「許しはしませんよ。当たり前ではないですか」

さらりとウェルベックが言う。

「もちろん私だって、それくらいはしてやろうと思いました。何せ彼らは竜の逆鱗に触れたわけですからね。自業自得で同情の余地もない。ですがソラリスが嫌がりましたので」

「ソラリスが、か？」

父がこちらに目を向けてくる。それに私は頷いた。

「ええ、私が止めました」

「どうしてだ。お前も竜人。つがいを傷つけられた悲しみと怒りは分かるだろう」

父の言うことはその通りだったが、私は首を横に振った。

「その国の王女のことを私は好きになってしまったんです。彼女を悲しませたくないと思いました。そしてウェルベックに、彼女の父を殺して欲しくありませんでした。私が嫌だったんです。だから彼を止めました」

私が嫌だと思った。誰かのためにウェルベックを止めたわけではない。徹頭徹尾自分のために夫を止めたのだ。

そしてウェルベックもそれが分かったから、矛を収めてくれたのだろう。

きっと、王女のためと言えばウェルベックは止まらなかった。

私のために止まって欲しいとお願いしたから、彼は止まってくれたのだ。

「仕方ありません。つがいの願いは疎《おろそ》かにできませんから」

「そうだな、違いない」

ウェルベックの言葉に父がしみじみと頷く。その眼光に鋭いものはなく、父なりに納得してくれたのが伝わってきた。

「それに誓約を結ばせましたからね。今後彼らが私たちにかかわってくるようなこともないでしょう」

「それは何よりだ。……それで、宝珠は手に入れたのだな？　話によると、過去から手に入れた、ということだったが」

「はい、ここに」

父の言葉にウェルベックは頷き、鞄の中から宝珠を取り出した。

宝珠はまだ魔力を垂れ流し続けている。恐ろしい力を秘めた宝石だ。だが、不思議と鞄の中に入れていると、その存在を感じない。普通の鞄にしか見えないのに、いくらでも物を収納できることといい、重さが変わらないことといい、下手をすれば国宝に値するマジックアイテムなのかもしれない。

「ソラリスに確認してもらいましたから、間違いないと思います」

「ああ……これだ。ふたりとも、よくぞ宝珠を見つけ出してくれた。礼を言うぞ」

ウェルベックから宝珠を受け取り、父がホッと息を吐く。

父の手に収まった宝珠は、ピタリと魔力を垂れ流すのを止めた。

「え……」

まるでただの宝石になってしまったような様子に驚くと、父が笑う。

「宝珠は竜王と一心同体なのだ。私が手に持っていれば宝珠が落ち着くのも当たり前」

「そんな大事なものを落としたのよねえ、この人は」

母がチクリと父を責める。父は気まずげな顔をして、わざとらしく咳払いをした。

「ま、まあそういうことだ。改めてよくやってくれたな。ふたりとも。それで、だが、せっかくこうして宝珠を見つけてくれたのだ。このままウェルベックに竜王の座を譲ってしまいたいと思うのだがどうだろうか」

「お断り致します」

一瞬の躊躇もなく、ウェルベックが断りを告げる。まさかこんなに簡単に断られるとは思っていなかったのだろう。父の目が点になった。

「何？」

「断ると言ったのです。私はしばらく妻とゆっくり過ごしたい。それなのに竜王になんてなってしまえば、のんびり屋敷に引き籠もることもできなくなるでしょう。約束はしましたから、いずれはそうなるのも吝《やぶさ》かではありませんが、今はお断り致します。陛下も、まだ先の話とおっしゃっておられましたしね」

「そうか……残念だが仕方ないな。宝珠探しを任せてしまった負い目もある。諦めよう」

父が頷くと、ウェルベックはしれっと言った。

「ええ、引き続き竜王の座には陛下が座っていて下さい。あと数百年は譲っていただかなくて結構ですから」

「お前、どれだけのんびりするつもりなのだ？」

「思っていた以上に、地上の生活はストレスだったのです。少なくとも百年くらいは引き籠もらないとやってられません」

「そんなにか？」

「はい」

百年と聞いた父が顔色を変えた。

「ちょっと待て。引き籠もるというのは、まさか執務に出てこないつもりか。さすがにそれは困るぞ。それでなくてもお前のいなかったこの五年、本当に大変だったのだ。更に百年など認められん！」

「五年も百年もそう変わりませんよ」

「そんなわけあるか！」

低レベルすぎる争いを始めてしまったふたりに呆れていると、母が楽しそうに笑う。

「あなたたちが帰ってきてくれて、あの人も嬉しいのよ。ふふ、さすがに百年は言いすぎだと思うけど、ひと月くらいはふたりきりでゆっくりするといいわ」

「ありがとうございます、お母様。……ウェルベック、行きましょう」

長椅子から立ち上がり、まだ父と言い合いをしているウェルベックを呼ぶ。父にも声を掛けた。

「お父様、それでは失礼致します」

さすがに子供っぽいやり取りだったという自覚があるのか、父は気まずげな顔をしつつも頷いた。

「あ、ああ。ゆっくり疲れを癒やしてくれ」

「はい。ウェルベック」

「……はい」

もう一度夫の名前を呼ぶと、彼もばつの悪そうな顔をしていた。

仕方ないなと苦笑し、ふたりで父の部屋を出る。

久しぶりの竜園国の穏やかな空気に、ああ、帰ってきたのだなという気持ちになってくる。

「帰ってきたわね」

ウェルベックの手を握り、笑い掛ける。

同じことを感じていたのだろう。彼も笑い返し、同意してくれた。

「ええ、帰ってきましたね。竜園国に」

人間界も悪くなかったけど、やっぱり生まれ育った国には敵わない。

久々の母国の空気を感じながら、私たちは屋敷への道を楽しく歩いた。

◇◇◇

「お帰りなさいませ、旦那様、奥様」

五年ぶりの屋敷には、使用人たちが勢揃いしていた。

何年かかるか分からない任務だから、屋敷は閉めてくれていいと言っていたのだが、どうやら定期的に手入れをしてくれていたようだ。

どこも綺麗で、すぐにでも生活できる状態になっていた。

「ちょうど二日前に掃除をしたところだったのです。ベッドのリネンやタオルなども替えておりますので、ご安心下さいませ」

「ありがとう」

最悪、帰ってから自分たちの使う部屋だけでも大掃除せねばならないと考えていたから、彼らがいてくれたことは本当に有り難かった。

「先ほど陛下から連絡を受け、旦那様方がお戻りになられたことを聞いたのです。長期のお仕事はこれで終わり、と考えてよろしいですか？」

「ええ、無事、任務は終わったし、休息を取ることも許されたから、しばらくは屋敷でゆっくりするつもりよ」

「さようですか。それはようございました」

「また、あなたたちには世話になります」

ウェルベックがそう言うと、使用人たちは笑顔で頭を下げた。

「こちらこそよろしくお願い致します。陛下からの直々のお仕事だという話はお聞きしておりましたが、やはり寂しかったものですから。ただ待つというのは、たかが五年といえども長いですね」

「ええ、私たちもいつも早く戻りたいと口癖のように言っていましたよ」

ウェルベックの言葉に、確かにと思いながら頷く。

使用人たちと話を終えた私たちは、食事の用意を頼んでから、自らの部屋へと向かった。

階段を上る。久々の自室は涙が出るほど懐かしかった。

「……戻ってきたわね」

「ふふ、そうですね」

「？　どうして笑うの？」

夫が笑った理由が分からず尋ねると、ウェルベックは「すみません」と謝罪した。

「いえ、先ほどから、どこを見ても『戻ってきた』とか『帰ってきた』とか言うものですから。よほど嬉しかったのだろうなと。いえ、もちろん私も同じ気持ちですが。なんだかあなたが可愛く見えてしまって」

「も、もう……」

そんなに『戻ってきた』と言っただろうか。

完全に無意識だったので、言われても思い出せない。

恥ずかしくなったが、怒ろうとは思わなかった。だって、帰ってきて嬉しいのだ。その気持ちが強すぎて、何を言われても「まあいいか」としか思えない。

「ウェルベック、着替え、手伝わせて」

「はい、お願いします」

食事の前に着替えをしようという話になり、私は彼の着替えを手伝った。

これはつがいの権利である。

竜園国でいつもウェルベックが着ていた服を取り出す。大きな羽織を手に取ると、また、懐かしい気持ちに駆られた。

「やっぱりこちらの方が似合うわね」

人間界にいた時にしていた武官めいた格好も好きだったけれど、やはり私が思うウェルベックのイメージは落ち着いた様相のこちらの服装だ。

満足し、私も普段着ていたスリットの深い、身体にぴったりとした服に着替える。

ウェルベックが手伝いたがったので、後ろのファスナーを上げてもらう。些細なやり取りが幸せだった。

「髪、結っても構いませんか？」

「……いいけど」

「では、失礼して」

慣れた手つきでウェルベックは私の髪をお団子に纏め上げた。

「髪を結っていないのも好きですが、この髪型も私は好きなんですよ」

彼が結ってくれたお団子の形を崩さないようにそっと触れる。

ウェルベックは最後にリボンを取り出し、つけてくれた。

「はい、完成です」

「ありがとう。ウェルベックがこの髪型が好きなら、しばらくはこうしていようかしら」

好きな人の好みに合わせたいと思うのは自然なことだ。ウェルベックも嬉しそうに頷いた。

「嬉しいです。ですが、自分ではしないで下さいね。私が、あなたの世話をしたいんですから」

「ええ。あなたの権利、だものね」

「そうです。誰にも、たとえあなたにでも譲りませんよ」

「ふふっ」

つがいとしての独占欲を出してくるウェルベックのことが愛おしかった。だけど私も、ウェルベックの世話を誰にも譲りたくないと思うのだから同類だと思う。

己のつがいの世話をするのはこの上ない幸せなのだ。

「さ、それでは食堂に向かいましょうか。まずは食事を済ませましょう」

「そうね」

皆も待っているだろう。互いの準備を終えた私たちは、足取りも軽く食堂に向かった。

◇◇◇

「ああ、満足したわ」

久しぶりの我が家での食事は、とても楽しかった。人間界の食事にもずいぶん慣れたし、美味しいものはたくさんあった。だけどやはり自分の家で食べる食事は別格だ。

戻ってきたばかりなのに、食事の準備をしてくれた使用人たちに礼を言って、一足先に就寝の挨拶をし、部屋に戻る。

時間はまだ早い。

それなのにどうして「おやすみ」を言ったのか、その理由をきっと全員が分かっているのだろう。

だからか、皆も笑顔で就寝の挨拶を返してくれる。察せられているのが少し恥ずかしい。

「ソラリス……」

部屋に戻り、扉が閉まるや否や、ウェルベックが後ろから抱き締めてくる。

熱い息が首筋に吹き掛けられ、期待で身体が震えた。

「あ……」

「ようやく心置きなくあなたに触れられる」

「……ええ」

喜びが伝わってくる声音が、嬉しくてたまらない。今すぐ彼に抱かれたいという思いが私を支配していた。

だけど、女性としてはそういうわけにもいかない。私は彼の手に自らの手を重ね、微笑んだ。

「私も同じ気持ちだわ。でも、もう少し待って欲しいの。だってほら、まだお風呂にも入っていないんだもの」

「入浴なんて……私は今すぐあなたを抱きたいと思っているのに」

その気持ちも理解できるが、私としても譲れなかった。

何せ今日は朝から過去に行ったり、戻ってきてからは国王たちと対峙《たいじ》したりで、かなり動き回ったのだ。汗もかいたと思う。好きな人には一番綺麗な自分をいつだって見てもらいたいのだ。

だから残念だけどその誘いには応じられない。

「駄目。すぐに出てくるから。お願い」

「……それなら一緒に入りましょう。時間の短縮にもなりますし」

「それ、本気で言ってる？」

思わず彼を仰ぎ見た。

ウェルベックとお風呂なんて、絶対に浴室内で事に及ぶことになるに決まっているのだ。そういうのも嫌いではないけれど、今日はベッドできちんと抱き合いたい気分だった。

「駄目よ。ちゃんと我慢して」

彼の腕を振りほどき、向かい合う。ウェルベックの鼻をつんと押すと彼はとても情けない顔をした。

「酷い人だ。ここまできて、お預けをさせるだなんて」

「お預けなんてさせないわ。だって私もあなたの熱を感じたいもの」

「だったら……」

言い募るウェルベックの目をじっと見る。私が退かないことを察したのか、彼はがっくりと肩を落とした。

「分かりましたよ……。では、私が先に入ってきます。湯上がりのあなたを見て、入浴に行ける自信なんてありませんから」

「いいわ。行ってらっしゃい。早く戻ってきてね」

「秒で戻ってきますよ」

恨めしげに返された台詞に、思わず笑ってしまう。

「それじゃあ、烏《からす》の行水《ぎょうずい》じゃない」

「烏でもなんでもいいです」

とぼとぼと浴室に向かうウェルベックを笑顔のまま見送る。

身体は熱く、彼に抱かれることを今か今かと期待している。

「……」

少しだけ入浴と言ったことを悪かったなと反省した。

◇◇◇

秒とは言わないが、かなりのスピードで浴室を出てきたウェルベックと交代で入浴する。

頭と身体を清めると、ずいぶんホッとした。やはり抱かれると分かっているなら、きちんと身なりを整えたいのだ。

使い慣れた洗髪料に心が癒やされていくのが分かる。こんな些細なことですら帰ってきたのだなと感じられるのだから、よほど私は帰国を嬉しく思っているのだろう。

「よし……」

鏡を覗き、頷く。

ウェルベックが整えてくれた髪は頭を洗う際に解いてしまった。もう一度お団子にしようかなとも思ったが、彼が結いたいと言っていたし、これから抱き合うのなら、このままの方がいいだろう。

少し悩みはしたが、待ってもらったのだからサービスをしようと、バスタオルを巻いただけの姿で寝室に向かった。

「ウェルベック。お待たせ」

「っ！」

ナイトローブを羽織り、ベッドの端に腰掛けていたウェルベックが顔を上げる。その頰が赤く染まった。

「久しぶりだから。それにこういうの、あなたは好きじゃないかなと思ったんだけど、どう？」

「……大好きです」

ウェルベックが立ち上がる。私は彼の目の前までゆっくりと歩いていった。ウェルベックは私の手を取り、ベッドへと誘った。

「待ち焦がれました」

「ふふ、大袈裟ね」

「そうでもありませんよ。五年、あなたを抱けなかったのですから」

愛おしげな目を向けられ、喜びで身体が震えたのが分かった。

「ソラリス、愛してます」

「私も、愛してるわ」

互いに顔を寄せ、唇を重ねる。

誰の目も気にする必要のない口づけは酷く甘く、脳髄が痺れるような酩酊《めいてい》感を私にもたらした。

舌を絡め合いながら、ベッドに倒れ込む。その拍子に身体に巻きつけていたバスタオルが取れた。

「あっ……」

「綺麗ですよ、ソラリス。私の愛しいつがい」

思っていなかったタイミングで裸体を夫に見られ、頬を染める。

何度肌を見られていても、恥ずかしいものは恥ずかしいのだ。

ウェルベックが頬をするりと撫でてくる。

「……良かった。あなたに傷が残らなくて」

それが、人間界でつけられた頬の傷のことだと気づき、私も頷いた。

「そうね。あなたがくれた傷なら、別にそれもそれでよかったと思ったのだろうけど、他の人につけられた傷は嫌だわ。治してくれてありがとう」

「……あなたに傷なんてつけたくありません」

「ふふ、冗談よ」

笑いながら言いはしたが、実は少しだけ本気だった。

ウェルベックがつけてくれた傷ならとても愛おしく思えるだろうと、自然と感じたからだ。

——私も、相当ウェルベックのことが好きよね。

分かっていたことではあったが、改めてそう思う。

彼の長い髪を指で掬う。美しい銀色の髪が、昔から私は大好きだった。

まだ少し濡れた髪からは、私と同じ洗髪料の匂いがした。それがなんだか無性に嬉しくて、口元が綻ぶ。

「どうしました?」

「同じ匂いがするなって思って。当たり前なんだけど、それがすごく嬉しいって感じたわ」

「分かります。私も同じですから。……さあ、お喋りはこれくらいにしましょう。あとはただ、あなたの熱を感じていたい」

「……ええ。そうね」

ウェルベックが腰紐を解き、ナイトローブを脱ぎ捨てる。欲が灯《とも》った目を向けられ、陶然とした。雄を前面に押し出したウェルベックに、全てを差し出したくなる。

「抱いて」

「嫌だと言っても、抱きますよ。最低でも一週間は寝室に籠もりきりになることを覚悟して下さいね」

宣言され、私は首を縦に振った。

もとより覚悟の上だし、私自身、久々に彼を思いきり感じたかったのだ。

「んっ……」

最初から舌を絡める熱いキスを交わす。彼の手が私の乳房に触れた。ウェルベックの大きな手でも余るほどの膨らみを、彼は殊の外《ほか》気に入っていた。

解すように丹念に揉まれ、甘い声が出る。時折胸の先端を擽られると、身体を左右に捩《よじ》らせてしまう。

すぐに先端は赤く尖っていった。それに気づいたウェルベックが指摘してくる。

「もう、こんなになっていますよ。赤い果実が主張するように実って、愛らしい」

「ひあっ」

指の腹で胸の先を押し回される。敏感な場所をグリグリと少し強めの力で弄られるのが気持ちよかった。ますます硬くなる先端部分をウェルベックが二本の指でつまみ上げる。

「あっ……」

ぷるんと乳房が揺れ、形を変える。いやらしい形が恥ずかしくてたまらない。

ウェルベックが喉元にキスを落とす。

きつく吸いつかれた。確実に痕がついたと分かったが、咎める気はなかった。

むしろもっとつけて欲しい。そんな気持ちだった。

私は彼の後ろ頭に手をやり、その髪を撫でた。

「ウェルベック、もっとつけて」

強請ると、ウェルベックが顔を上げた。

「いいんですか？　いつもは恥ずかしがってあまりつけさせてくれませんのに」

「今日はいいの。たくさんつけて欲しいって思うから」

「それなら、思いきり目立つところにつけてあげましょうか？」

「ええ。私があなたのものだって誰の目にも分かるように、しっかりつけて」

微笑みながらそう告げると、ウェルベックは驚いた顔で私を見つめてきた。

「本当に珍しいですね」

「嫌？」

「まさか。大歓迎ですよ。あなたが積極的なのは嬉しいですから」

「んっ……」

鎖骨の下辺りに吸いつかれた。どうやら本当に目立つ場所につけてくれるようだ。

ウェルベックは他の場所にも己の印をつけると、満足そうに顔を上げた。そうして、私の足を広げさせる。蜜口にいきなり触れられ、ビクリと震えた。

「ウェ、ウェルベック？」

「すみません。でも、正直あまり時間をかけている余裕がなくて」

その顔は切羽詰まっていて、彼がどれほど私を望んでくれているのかが窺い知れた。

胸が甘い何かでどうしようもなく疼く。

欲しいと思ってくれているのが嬉しかった。だからそれを正直に告げる。

「嬉しい」

欲しいと思っているのは、彼だけではない。私もだ。

少し触れられただけなのに、もう蜜口は濡れているし、腹の奥はキュンキュンと切なく疼いている。そして彼に求められていることを実感し、嬉しさで全身が熱くなっているのだから、人のことは言えないだろう。

「本当に今夜のあなたは積極的だ。いつにも増して可愛らしい」

ウェルベックの指が淫唇を優しく撫でる。そこはすでに熱く濡れ、期待で少し綻んでいた。

ウェルベックが嬉しげに囁《ささや》く。

「期待してくれてるんですか？」

「……ええ、もちろん」

この五年、多少触れ合うことは何度かしたが、どれも挿入までは至っていない。

それが嫌だったのはウェルベックだけではない。

「まだ何もしていないのに、私を受け入れる場所がトロトロに溶けていますね。このまま指が入りそうだ」

「ん……」

ツプリと指が蜜口の中に埋められる。雄を誘う甘い声が出た。

十分に潤っていた蜜道は彼の指を難なく受け入れる。

中の状態を確かめるように指が動く。膣壁《ちつへき》を指で軽く擦られ、キュウッと蜜壺《みつつぼ》が収縮した。

「確かあなたは、ここが気持ちいいんでしたよね」

「あんっ……！　ひゃあっ！」

ウェルベックに知られている感じる場所をトントンと指で押された瞬間、ドッと蜜が溢れ出た。

彼が指を出し入れする度に、ぬちゃぬちゃという音が鳴る。

「んんっ、あっ、気持ちいいっ……」

ウェルベックが同じ場所を執拗に攻めてくる。耐えきれず背を反らせると、彼は乳首を口に含んだ。軽く吸い立てられ、嬌声《きょうせい》を上げてしまう。

「ああっ……！」

「食べてくれと差し出されましたので、つい。美味しいですよ」

「あっあっ……両方、駄目ぇ……」

舌が乳輪をなぞる。蜜壺を指で刺激されながら胸の先を弄られるのは途方もない快感だった。

いつの間にか指が二本に増え、バラバラとかき混ぜるように動く。

「ああっ……んんっ」

乳首を軽く囓《かじ》られた瞬間、指を温かく包んでいた膣壁がうねった。

なんて気持ちいいんだろう。快感に神経が焼き切れそうだ。

「あ、あああ……」

覚えのある絶頂感がやってくる。乳輪を舐《な》められ、陰核を弄られた。

強すぎる刺激に、心がついていかない。

「ウェルベック……私……もう……」

ビクンビクンと身体が痙攣を始める。陰核を指の腹で押されると、たとえようのない快楽に襲われる。涙が出そうだった。

「あ、あ、あ……」

もう少しでイきそうだ。そう思った時、蜜壺を苛《さいな》んでいた指が引き抜かれた。

突然の喪失感に、縋《すが》るような声を出してしまう。

「あっ……」

「すみません。もっとゆっくりしようと思っていたのですけど、あまりにあなたが愛らしくて我慢できませんでした。もう……挿れてもいいですか？」

「……ええ」

絶頂一歩手前だった身体は、より深い刺激を求めている。ウェルベックの大きな男根が与えてくれる感覚を思い出し、私は期待の目で彼を見た。

彼が私の足を折り曲げさせ、膝を押さえる。

蜜口に熱いものが押し当てられる。亀頭が淫唇の中に少し潜り込んだ。

次の瞬間には、深い場所まで貫かれていた。

「アアッ！　アアアアアッ‼」

快感が私を押し流す。想像していたよりも強い悦楽に、私は抗《あらが》う術《すべ》もなく達してしまった。

「あっあっあっ……」

ビクビクとつま先が震える。絶頂に達し、強ばっていた身体が徐々に弛緩していく。

ウェルベックがそんな私を見て、嬉しそうに言った。

「イきましたね。そんなに気持ちよかったですか？」

それに無言で頷く。

五年ぶりの肉棒は涙が出るほど気持ちよかった。

屹立《きつりつ》が、私の中を全部埋め尽くしている。中で震える肉棒の形を否応なく感じてしまった。

ウェルベックがゆっくりと抽挿を開始する。絶頂の余韻が残っている身体は酷く敏感で、スローな動きでも必要以上に感じてしまう。

「あっんんっんっ……」

「あなたの中、溶かされてしまいそうなほど熱くなっています。奥のざらついた部分に当たるのがたまらなく気持ちいいです」

ウェルベックが一心不乱に腰を打ちつけ始める。

奥を何度も穿《うが》つ容赦ない抽挿だったが、痛みは全くなく、むしろ気持ちいいばかりだ。

私は彼にしがみつき、与えられる快楽に酔いしれた。

「ウェルベック……ウェルベック……」

「ソラリス……愛しています」

告げられる愛の言葉に反応し、蜜壺が嬉しげに収縮する。

膣壁が肉棒を締めつけると、ウェルベックが顔を歪める。

「ソラリス……あまり締めないで下さい……」

「だって、気持ちいいんだもの……んんっ」

ウェルベックが身体を倒し、唇を重ねてきた。舌を絡める熱いキスを楽しむ。その間も肉棒は筒奥を何度もノックした。

降り注がれる快感が癖になりそうだ。

――ああ、幸せ。

ようやく愛する人と身体を重ねることができ、私は心から満足していた。

「ウェルベック……」

快感に身悶《みもだ》えながらも、彼に向かって手を伸ばす。

頭を引き寄せ、今度は自分からキスをした。

「ソラリス？」

「大好きよ」

心を込めて告げる。

人間界での五年はウェルベックとふたりきりだったし、それなりに楽しかったけれど、やはり身体を重ねられないのは辛かった。それはこうして抱き合ったからこそ、そうだったのだと理解できる。

「……もうしばらく、人間界には行きたくないわ」

真面目に零すと、ウェルベックも頷いた。

「私もです。できれば二度と行きたくないですね。まあ、行く必要もありませんが」

「二度とは言いすぎじゃない？」

「あなたと触れ合えないのはごめんですから」

「……そうね」

尤もな理由に私も頷く。

ウェルベックが腰を大きく動かした。抗えない快感に全ての思考が溶けていく。

「あ……あああ……！」

「でも今は、ふたりこうして再び抱き合えたことを喜びましょう。……ソラリス、私の愛しいつがい。今夜は眠らせませんよ」

その言葉に、私は笑って応じた。

「望むところだわ。一週間でも一カ月でも、どこまでもあなたに付き合いたい気分だから」

「おや、言ってくれますね。後悔しませんか？」

「するわけないじゃない」

ウェルベックの首に抱きつく。身体の中にある熱が更に膨らんだのを感じ、嬉しくなった。

さあ、限界まで抱き合おう。

誰も邪魔をする者はいないのだから。

私たちはそれから一週間、本当に寝室から出なかったが、それを咎める者は誰もいなかった。

あとがき

こんにちは、いつもありがとうございます。月神《つきがみ》サキです。

『異世界で恋をしましたが、相手は竜人で、しかも思い人がいるようです２』をお買い求めいただきまして、まことにありがとうございます！

思いが通じ合ってからのふたりのイチャラブ。いいですよね。月神の得意分野です！

まさかこの話の続きを書くことができるとは思いませんでしたが、イチャイチャなふたりが書けてとても楽しかったです。

イラストレーターのウエハラ蜂《はち》先生にも大変お世話になりました。

相変わらず一目で世界観が構築されてしまう素晴らしい挿絵の数々。感動です。本当にありがとうございました。ウェルベック、イケメンすぎません？　担当様とふたりで、「やば、美しすぎる……」と震えておりました。

さて、次回は繰り返し、巻き戻しものを考えております。

ちょっと執着気質のあるヒーローが出てきますが（いつも）、楽しんでいただけると幸いです。

それではまた次回、よろしくお願い致します。

月神サキ

異世界で恋をしましたが、相手は竜人で、しかも思い人がいるようです2

著者　月神サキ

2020年11月5日　初版発行

発行人　神永泰宏

発行所　株式会社Ｊパブリッシング
〒102-0073　東京都千代田区九段北1-5-9 3F
TEL 03-4332-5141　FAX03-4332-5318

製版　サンシン企画

印刷所　中央精版印刷株式会社

ISBN：978-4-86669-340-8
Printed in JAPAN